Parapeito

cacha
lote

Parapeito

Rita de Podestá

No estoy seguro de que exista.
Jorge Luis Borges

Me mostre o seu nada, que restou depois de você.
Wislawa Szymborska

Para minha mãe, por ter sido mãe.

PARAPEITO

Já faz um tempo que ela se tornou minha vista.

Pela manhã, chega cedo. Depois de uma hora vai embora e só volta no fim do dia.

Nunca fica para dormir.

Ali onde ela está, consigo ver seu rosto. É chinesa. Parece chinesa. Os chineses costumam ser magros e altos. Ela é magra e alta. Dá para ver pela referência da janela. Usa calças justas e camisetas largas. E lisas. Nunca uma estampa ou algum acessório que denuncie um gosto peculiar ou um rastro.

Aparece todos os dias, menos sábado e domingo. Ainda assim, nunca deixo de esperar, olhando para o seu apartamento, no prédio em frente ao meu, separado apenas por uma piscina e uma churrasqueira.

Não sei para onde ela vai, nem de onde volta. Não sei quase nada além do que acho. Que ela entra em casa e acende o lustre verde-limão mesmo de dia, abre a janela, as cortinas e vai até a cozinha, acho, senta à mesa perto da janela, onde toma algo em uma caneca enquanto come biscoitos, também acho, e escreve, à mão, tirando a caneca da mesa, o biscoito do prato, a caneca, o biscoito, a caneca na boca, a caneta no caderno, o biscoito na boca, o olhar para o fundo da caneca, para o caderno, acho, para um ponto fora do apartamento, fora dela, a caneta de volta ao caderno, o biscoito, a caneca, o que será que tem na caneca, sempre a mesma caneca, azul, acho.

Depois se levanta, fecha a janela, apaga a luz e vai embora.

Não me vê. Nas poucas vezes que olha pela janela, não me nota. Enxerga um alvo inexistente. Olhos de mira nenhuma. Uma vez ficou um minuto, ou dois, olhando em uma direção que quase esbarrava no meu apartamento, fazendo uma leve curva em um ponto cego a mim. Seu olhar atravessava sua janela, a minha, o prédio e todos os apartamentos em direção a um nada do qual só ela sabe o endereço.

Voltou a escrever como se nunca tivesse olhado para fora.

Também sou alta. Dá para ver pela altura deste parapeito que o Bernardo dizia ser baixo demais para mim. Parapeito de onde a vejo todos os dias, torcendo para que ela não faça algo diferente e eu não precise mudar nada na minha nova rotina.

Não sei o que faria se ela não viesse amanhã.

Tem algo nela. Algo que eu deveria saber. Quando olho para o seu apartamento, meu campo de visão se restringe, ganha foco. Entro na sua sala sem nenhum esforço. Tem algo nela que faz com que tudo seja simples. Basta comer, beber e escrever. As mesmas roupas sem cor marcando uma repetição morna. Pode ser que o algo seja isso. A raridade do que é simples. Pode ser que seja a constância. É isso, a constância do simples. Fazer dos biscoitos um banquete. Da caneca, uma taça. Da escrita, uma extensão do corpo que bebe e come. Gosto de pensar que ela vai para o apartamento todos os dias por minha causa, ainda que eu prefira que ela ignore que eu existo. Também gosto de imaginar que ela não se importa, que já sabe tudo o que precisa saber, apenas registra.

Diferente do Bernardo, o oposto do simples. Sempre querendo saber mais e mais, sem restar nenhuma dúvida, obcecado por respostas, artigos científicos, biografias, documentários que explicam como se formam as gotas d'água, a evolução das espécies, o que comem os ornitorrincos, quem nasceu primeiro, a velocidade mínima de um beija-flor, a descoberta da água em Marte, os mundos paralelos, este mundo, onde tudo acaba, o buraco da camada de ozônio, o ozônio, a possível extinção dos pandas, Deus, deuses.

Até o dia em que decidiu que sairia de casa depois de treze anos entupido de certezas, sem saber me dizer o porquê.

Eu preciso saber. Afirmei.

Eu não sei te explicar, Clara.

Achei que fosse passar, é só uma fase, muito tempo juntos, chega uma hora em que a gente cansa, mas o amor ainda existe, é isso o que importa, estarmos aqui, juntos. Foi esse o combinado, existirmos juntos, só nós dois, em casa, fora de casa, na velhice, na casa de repouso, cada hora um ganhando no xadrez para manter a autoestima e a mente sã, abrir o relacionamento só depois dos setenta anos para ver no que dá, vivendo a nossa vida, sem filhos, sem ninguém, sendo cada um o alguém do outro.

Fica.

Ele foi.

Eu não sei. Foi tudo o que ele conseguiu dizer antes de arrumar as malas com três ou quatro camisas e calças sociais, um short de academia, a blusa do Olodum, as coisas de banheiro que eram quase todas dele, o xampu natural, o pós-barba com essência de melaleuca e os milhares de sabonetes. Voltaria depois para buscar o resto.

Os restos.

Saiu e me deixou sozinha neste apartamento que até então não tinha vista. Não sei se ela morava ali antes. Só apareceu quando já não havia mais nada para ver aqui dentro.

Ela chegou às sete e onze da manhã. Acendeu a luz, abriu a janela e ficou alguns minutos olhando para fora com a concentração de quem tudo vê e a distração de quem não se importa. Por um momento achei que me via.

Escreveu durante quarenta minutos. Comeu cinco biscoitos, doces ou salgados. Come devagar. Deve contar as mordidas, cada hora de um lado. Não sei em quantos goles bebeu seja lá o que bebe na caneca.

Passei a imitar seus gestos. Ela levantou os braços e se alongou para os dois lados. Levantei os braços e me alonguei. Preciso me alongar mais. Ela soltou o cabelo, o meu já estava solto, logo depois prendeu, eu também. Ela colocou a mão no queixo e ficou um tempo concentrada com o rosto erguido voltado para a janela. Fiz o mesmo, olhando para ela, que mesmo olhando para fora parecia não olhar para nada. Ela pegou o biscoito com a mão esquerda e demorou para colocá-lo na boca, como se segurasse um amuleto enquanto escrevia com a outra mão. Eu não tenho biscoitos.

Por volta das oito, tirou o prato e a caneca da mesa, apagou a luz e saiu.

Comprei biscoitos, doces. Enquanto ela não volta, me contento com seus vizinhos. O coelho preto bem grande que vive preso no terraço do apartamento térreo. O cachorro, também grande, que late da janela do quarto ao lado, indignado com o confinamento. A menina que brinca sozinha na área da piscina e ignora qualquer ser humano que tente atrapalhar sua solidão. O homem musculoso e careca do sexto andar que se depila de cueca em frente à janela aberta. São quarenta e dois apartamentos onde as pessoas acordam, dormem, brincam, latem e se depilam. Um enorme céu de janelas dentro das quais histórias se materializam, casulos se espatifam, expectativas se despedaçam, pessoas são feitas, e mortas. Tenho escutado muitas sirenes. As sirenes da ambulância são mais agudas do que as da polícia. Foram tantas ambulâncias, socorro minha mãe desmaiou, minha mãe caiu venham rápido, minha mãe precisa de ajuda por favor. Dia desses, cheguei a temer que fosse para ela, a vista, que uma ambulância estivesse lá para resgatá-la. Só me acalmei quando me dei conta de que ainda faltavam duas horas para o seu horário da noite.

Ali não é seu lugar de morrer. Diferente das outras janelas, a sua é de uma não casa. Um lugar onde ninguém dorme. Um lugar para onde se vai e de onde se vai. Um lugar onde não se fica.

Não saio de casa desde que o Bernardo saiu.

Quando o Bernardo saiu de casa, eu o chamei de fraco. Você é um fraco. Disse para ele provar o contrário. Para ele seguir o plano traçado desde quando me viu na rua e me cutucou achando que eu era outra pessoa. Na sua versão, dei um sorriso, mas eu apenas desfiz a cara de emburrada enquanto ele sim sorriu durante todo o caminho. Seguimos pela mesma direção, sem combinar, depois viramos na mesma rua, também sem combinar, e o que acontece assim, sem combinar, dando rasteira nos prevenidos, ganha logo ares de destino. O Bernardo teve certeza. Eu não te cutuquei à toa, nunca andava por ali, era pra ter acontecido, a gente precisava se conhecer.

Se eu tivesse tomado mais uma xícara de café, perdido as chaves em alguma das bolsas, dormido mais cinco minutos, eu sempre durmo mais cinco minutos, se eu tivesse chutado a quina da parede, quando dá aquela dor insuportável e você acha que vai morrer e não morre, se eu tivesse esperado a dor passar antes de sair, o destino não teria me cutucado.

Saímos juntos uma semana depois.

A conversa, uma mistura de entrevista de emprego, sessão rasa de psicanálise, confissões da infância e narrativa de viagens. A pressa em conhecer o outro, a vontade de falar de si, dois desconhecidos querendo saber se é o caso de nunca mais se verem ou se há esperança de que superem o fosso fundo e largo que os separa da intimidade única dos casais.

Até que passou um casal com um bebê, cambaleando, como andam os bebês. Veio até mim. As crianças gostam de mim, parecem querer me convencer de que eu também deveria trazer uma delas ao mundo. Grudou na minha perna e riu riu riu, e ele também riu, o Bernardo, e eu também ri, e fiz graça, e brinquei com o menino. Dê tchau pra tia, agora manda beijo, isso, depois foram embora sem nem se apresentarem.

Você vai ser uma ótima mãe.

Eu não quero ter filhos.

O Bernardo reagiu com um quê de quem não entendeu, e antes de eu repetir, falou que nunca tinha pensado em não ter filhos, mas quer saber, é até melhor, prefiro ser tio, não precisa acordar durante a noite, trocar fralda, fica só a parte boa. Acho que eu também não quero. Quer outra cerveja?

Quero.

Seu segundo sobrinho nasceu três meses antes do nosso casamento. No dia da cerimônia, sua irmã fez questão de levá-lo no colo até o altar para ele entregar as alianças. Mal nasceu e foi ser testemunha de falsas juras. O padre, o mesmo que casou toda a família, nos casou, mesmo eu não tendo cumprido todas as etapas necessárias para entrar no paraíso. A família dele estava toda lá, dezenas, os amigos e colegas de trabalho, centenas, do meu lado as poucas pessoas que conheci desde que me mudei para São Paulo, nove, contando com meu orientador que foi só pela bebida, e Elisa, que se mudou de Minas porque aqui tem mais homens bonitos e bem-sucedidos. Da família chamei apenas minha tia-avó que nos seus noventa e quatro anos não se lembrava mais de mim. E seus pais, perguntou a família do Bernardo no primeiro almoço, casa cheia, mesa cheia, meu pai eu nunca conheci e minha mãe morreu quando eu tinha vinte e quatro anos, contei, como costumo contar, seca, como é a história da minha família, breve e seca. Contei e escutei o ai coitadinha de sempre, deve ser difícil não ter uma família, mas se vocês se casarem você vai ganhar uma família grande, e vão ter filhos lindos, será que vem com o olho verde do Bê ou o azul da Clara, uma vez li que é possível a criança nascer com um olho de cada cor, imagina se vocês tiverem um filho com um olho de cada cor.

O Bernardo acha bonito como cuidei da minha mãe até o fim, se a ciência não podia fazer mais nada, era destino. Mania de misturar destino e ciência. Adorava contar que em um mundo paralelo ainda estamos juntas, eu e minha mãe, que nesse mundo paralelo a gente nunca se conheceu, eu e ele, que nesse mundo ele não existe e vivemos só nós duas, como antes.

Acontece que estamos neste mundo, Bernardo, onde ela morre e você vai embora sem saber o porquê. Onde você joga tudo para o alto sem se preocupar com o que vai cair na minha cabeça. Onde você me liga um mês depois de sair de casa para me contar que vai ser pai do filho de uma mulher de olhos escuros.

Neste mundo onde todos nós já existimos.

Minha mãe. Eu e minha mãe. Eu. Eu e você. Eu. Eu e minha vista.

Alguém assobia alto. Um desses assobios que se ouvem em shows ou quando alguém quer chamar um cachorro. Também sei assobiar assim. Sempre soube. Minha mãe não sabia. Deve ser da genética do meu pai de quem não sei nem o nome, a identidade apenas com o nome da minha mãe, minha mãe dizendo ele se chama Seu Pai, minha filha, e não há nada mais para saber porque isso é tudo o que eu sei.

Assobiaram de novo, mais alto.

Ela se moveu, e num movimento de quem vai espantar um pernilongo ou aguardar um espirro que não vem, olhou pela janela. Pouco depois, já estava de volta. Quando olha para fora, me arrepia a possibilidade dela me ver e tudo deixar de estar como está. A possibilidade de que ela resolva viver algo novo sem saber o porquê e me deixe aqui cheia de perguntas que antes não precisavam ser respondidas porque sequer existiam.

Não me importa quem ela seja, desde que nada mude no seu jeito de ser.

Às vezes ela se atrasa um pouco, mas sempre vai embora no mesmo horário. Sou contra horários. Acho uma estupidez. A vida devia ser pautada pela vontade. Vontade de acordar, de dormir, de ler, de transar, de sair correndo, de comer, de chorar em posição fetal, de desaparecer. Cada pessoa é um horário diferente. Os horários fixos são uma invenção desacertada do homem que faz a gente viver perdendo tempo.

Eu não quero perder minha vista.

Continuou escrevendo no caderno sem pressa, mesmo restando minutos para seu horário de ir. Depois foi embora e me deixou à espera da sua janta de biscoitos. São muitas horas sem ela e nessas horas tenho que sentir tudo o que atravessa meu dia. Os dias são longos demais. Ontem mesmo, meu dia durou a metade de um ano inteiro. Fiquei horas deitada no chão e quando olhei o relógio, minutos. Às duas da tarde ainda era de manhã. Às cinco, eu senti que havia acabado de acordar. Queria que ela pudesse ficar um pouco mais.

Queria falar sobre como ela se move. Seus movimentos. Seus não movimentos. Falar dos seus gestos certeiros ao pegar os biscoitos no prato. De como ela segura a alça da caneca. Uma cega que conhece em detalhes os limites do seu território. Com a diferença de que não é cega. Enxerga apenas o que quer. Cega era eu que não a via. Que só passei a vê-la quando olhei para fora. Para ela não existe dentro e fora. Olha pela janela só para ter certeza de que nada irá minar a sua condição de ser um espaço inteiro que se basta. Queria saber o que ela escreve. Como alguém pode escrever tanto à mão? Queria ver suas mãos. Devem ser pequenas. Mãos pequenas e com calos. Tenho um calo no dedo médio porque seguro a caneta com muita força. Um calo de estimação que nunca se cura. Resiste como uma memória, mesmo eu escrevendo à mão cada vez menos. Não sei se ela usa lápis ou caneta. Queria descrever exatamente como ela não me vê. Se ela inclinasse o pescoço para cima, não muito, me veria. Se quisesse. Tem escolha. Escolheu não ver. Eu não tenho escolha, desde que ela se tornou minha vista, não tenho outra escolha que não seja vê-la. Sinto uma urgência de desaparecer assim que ela vai embora. O intervalo entre o fim e o início do meu dia acontece entre as oito da manhã e as sete da noite, quando me atiro ao limbo. Se não durmo, bebo. Se não bebo, durmo. Me pergunto se ela encontra os vizinhos no elevador e fala do tempo, do aumento do condomínio, da nova regra do horário da piscina. Se sabem o seu nome. Para onde vai. De onde volta. Se ela separa o lixo ou não. Se é mesmo chinesa. Isso é. É chinesa. Chinesinha. Daqui ela é tão pequena, mesmo alta, daqui ela cabe na moldura de uma janela. Daqui ela é minha moldura.

Às vezes quando vai embora tenho dúvidas se ela realmente existe. Se eu existo. Já não tenho certidão de nascimento. Depois de uma separação o documento oficial passa a ser a certidão de divórcio. Se existo, só existo perante a lei como a ex-mulher do Bernardo. O Bernardo não. Se ele se casar, se ele se casou, passará a existir como um homem casado. Casar ganha do divórcio. Na brincadeira de pedra papel tesoura, casar é papel, divorciar é pedra.

Fiquei o dia todo esperando ela voltar. Saí da janela apenas para ir ao banheiro. Não sinto fome. Sinto apenas sede. Tomo vinho e sinto mais sede e por isso tomo mais vinho porque sentir sede faz com que eu me sinta quase viva. Esperar tem sido cada vez mais longo e cada canto dessa casa insiste em me lembrar o tempo. O vidro da janela que eu nunca fecho está nublado de tão sujo. As plantas já não são plantas, a não ser um pequeno ramo de sempre-vivas, mas ainda assim pode ser que estejam mortas. Os lençois acumulam a cada dia mais ácaros que não vejo mas sei que estão ali disputando o mínimo espaço dos trezentos fios de algodão costurados rentes, tão macios, deve ser bom morar nos fios de um lençol.

Qualquer resistência é inútil, algo dentro de mim cedeu, pudesse ser um ácaro, eu seria.

Ela abriu a janela às dezenove e dezenove. Dizem que ver as horas em um horário repetido é uma mensagem do universo. Ela demorou para começar a escrever. Não comeu biscoitos, devem ter acabado. Talvez a mensagem do universo seja essa, as coisas acabam, não há nada a fazer.

Ela foi embora.

Meu dia acabou.

Em um dos tantos almoços com a família do Bernardo, planejavam o nosso filho como se ele fosse uma meta de empresa. Se não precisassem de mim, me dispensariam. Precisavam. Para que eu colocasse no mundo o resultado de um único esperma do Bernardo, o mais esperto, talvez dois, quanto mais melhor, quanto mais genes dele no mundo, melhor. E esse neto, vem pro Natal do ano que vem? Seu avô está no fim da vida, meu filho, vai querer conhecer o bisneto do neto caçula. Fala alguma coisa, Bernardo, fala. Esse papo agora não, mãe. Esse papo agora sim, Bernardo. Calma, Clara. Esse papo agora não, por quê, meu filho? A gente não vai ter filho, dona Lourdes. Como assim não vão ter filhos? Responde, Bernardo, por favor, responde. A Clara não quer ser mãe, mãe. Ser mãe, mãe. Como assim a Clara não quer ser mãe? Responde de novo, por favor, responde. Depois a gente conversa, mãe. Depois não, agora, Bernardo. Eu não quero ter filhos, dona Lourdes, o Bernardo também não. O Bernardo não quer ter filhos? Desde quando isso, meu filho? Desde sempre, dona Lourdes. Essa carne louca tá incrível, tia. Mãe, depois a gente conversa. Serve mais, Fabi, serve mais. Dona Lourdes, não é só porque. Clara, por favor, agora não, mãe, depois. Agora sim, Bernardo, Antônio, olha o seu filho, depois de tudo o que a gente fez por ele, esperando ver ele crescer bem, assim, com saúde, pra poder criar uma família, Bernardo, família é o bem mais precioso que se tem, é o plano Dele, ter um filho, meu filho, é uma dádiva de Deus.

Ter um filho, meu filho.

O almoço terminou com a gastura das colheres remexendo o pudim no pequeno prato de cerâmica e a prima insistindo na receita da carne louca.

Quem vai cuidar de vocês? É o que a irmã do Bernardo me perguntou quando nos visitou dizendo que a mãe estava doente de desgosto com essa história de que não vai ter um neto do filho caçula. Perguntou mais de uma vez, talvez quatro, cinco, várias, você não tem medo de morrer sozinha, Clara?

Minha mãe morreu sozinha, mesmo eu estando lá. Minha mãe sem conseguir falar direito, sem saber quem eu era, a mãe única sem saber quem era sua filha única. Como é morrer sozinha, mãe? Morrer ao lado da filha que você começou a confundir com a sua antiga professora de educação física, tentando negociar dez polichinelos a mais para não precisar jogar queimada, dói essa bola na minha barriga, professora, não quero mais jogar. A filha que via a mãe morrer ao lado da professora de infância e não dela, a mãe que não conseguia trocar de roupa sozinha, chorando porque não queria usar roupa de velha, cadê meu uniforme, quem é você, cadê a minha filha, o que você fez com a minha filha?

Uma vez eu respondi, sua filha morreu, ela perguntou como e eu disse que ela se jogou da janela. Minha mãe me encarou, fazia um tempo que não me olhava, não assim, além de mim, ainda em mim, sua pupila dilatada se abrindo como se fosse crescer até virar uma porta por onde eu quis entrar, quis gritar, quis arrancar aqueles olhos para que nunca mais se fechassem, quis trazer de volta minha mãe ou matá-la de uma vez para que ela parasse de morrer. Até que ela disse, minha filha não seria tão idiota.

Respondi que não faz diferença, eu vou morrer sozinha, todo mundo morre sozinho. Ela olhou para o Bernardo em busca de um apoio e ele respondeu dizendo que um corpo morre sozinho e se decompõe sozinho, inclusive tem aquela história da ossada do casal encontrado abraçado na China há mais de mil e quinhentos anos e todo mundo achava que eles tinham morrido juntos, enquanto na verdade as pessoas juntavam os casais na tumba depois que os dois morriam, então a Clara está certa, de alguma maneira, sim, todo mundo morre sozinho.

Nós rimos, ela não, nós rimos da velhice, da morte, do futuro. Você me disse que falaria com a sua mãe, e combinamos de pedir que juntem nossas cinzas na lata de café antiga que a gente adora e que agora está aqui, na minha, nossa, cozinha, cheia de algum café forte, o que para você não importa, forte ou fraco, já que vai encher de açúcar e leite. Agora a lata está aqui, cheia de um café que finge ser as suas cinzas na esperança de você vir me ver e eu te servir de você mesmo.

Quando ele saiu de casa, disse que era melhor a gente ficar sem se ver por um tempo.

Eu não sei qual a medida de um tempo.

Talvez a Chinesinha saiba.

Ela abre a janela mesmo em dias frios. De manhã quase sempre está frio. Chega, abre a janela e só depois pega os biscoitos e a caneca. Sua rotina disciplinada organiza a minha vida e por isso passei a anotar a hora em que ela chega e sai. Também criei um calendário baseado nas suas vindas. Com isso, minha semana passou a ter dez dias. Toda manhã é um dia, a tarde é um não dia, a noite outro dia. O que me obrigou a mudar os nomes dos dias da semana. Segunda de manhã é segunda, à noite, quando ela volta, é terça. Terça de manhã é quarta, e quinta quando é noite. Quarta é sexta pela manhã e sétima pela noite, para ter lógica. Quinta é oitava e depois nona. Sexta de manhã é décima. Sexta à noite é domingo que dura até segunda, quando eu me isolo do mundo como imagino que Deus tenha se isolado, desligada do terreno, fora da órbita de todos os planetas e mundos paralelos, ninada pelo vinho e pelas pílulas para dormir. Se Deus existe, ele certamente precisa de drogas para dormir. Drogas que ele mesmo criou.

Nos dias em que ela não vem, nenhum fluxo de vida humana passa por mim. Escolho algum objeto de decoração e me coloco em seu lugar. Das vantagens de estar sempre sozinha é poder escolher ser um objeto sem precisar dar explicações. Ser uma poltrona é fácil. Difícil é ser um abajur desligado. Uma vez tentei ser um vaso, passei um não dia inteiro parada me sentindo um recipiente que já viveu cheio de flores e agora é apenas um vaso vazio e inútil. Não foi muito difícil.

Chegou às sete e nove da manhã. Estava com suas roupas que bem poderiam ser de ginástica. Pode ser que ela vá da academia para lá ou saia de lá para a academia. Eu devia fazer exercícios. Minhas coxas amoleceram e minhas pernas que antes eram brancas agora beiram o invisível. Quem sabe assim eu desapareça de vez. Por volta das sete e meia ela deitou a cabeça na mesa. Ela nunca tinha feito isso. Ela nunca havia se deitado assim. Parece cansada. O Bernardo vivia cansado, trabalhava o dia todo enquanto eu ficava em casa estudando o que os outros estudaram, tentando chegar a uma tese original e de grande importância para o mundo das letras, já não há nada mais para escrever, mudando de tema a cada conclusão, querendo que ele chegasse logo para que eu pudesse desistir. Era só ele chegar que eu parava o que estivesse fazendo, ou não fazendo, ou o que precisasse fazer, parava porque assim que ele chegava, as paredes se pintavam de cores quentes, os móveis acordavam do cochilo diurno e cada espaço da casa se expandia para que ela voltasse a ser nossa, não minha.

Eu também estou cansada, Chinesinha. E estar cansada é de uma solidão enorme.

Estou há dois dias sem dormir e porque não durmo resolvi continuar assim, acordada, tomando vinho e café, sem açúcar, na hora que for, sentindo os batimentos cardíacos em todo o corpo, principalmente nas feridas dos dedos de que arranco as pelinhas, desapressadamente, para que nunca me faltem, mas faltam, chego na carne viva do dedo que é de um rosa bonina, e quando eu tomo banho a torneira do chuveiro me dá pequenos choques bem onde estão as feridas. Às vezes eu abro a torneira mesmo sem tomar banho.

Eu preciso estar viva, porque se eu dormir, se eu me distrair, não vou poder abrir a porta quando ele mudar de ideia, quando ele entender que não saber era o segredo de tudo, a dúvida era só o mundo mostrando que havia mais aqui, não lá fora, aqui. Ele não levou a chave e ninguém mais tem a chave da nossa casa, então é preciso não dormir, é preciso me manter alerta durante o período do tempo em que é melhor a gente ficar sem se ver.

Eu não sei onde o Bernardo está. Agora. Eu não sei onde o Bernardo está agora. É a primeira vez que me dou conta de que não saberei mais onde ele está. Não neste mundo. Tantos mundos. Foi ele quem me fez ler o artigo sobre a teoria dos multiversos. As revistas científicas que continuam chegando todos os meses em casa, na nossa casa, e agora sou eu quem lê todas, sobre tudo, sou eu quem lê os artigos científicos em busca do próximo fato que vai revolucionar nossas vidas.

Naquela manhã, ele não queria falar sobre nada, eu queria, queria falar sobre tudo, como se já soubesse.

Eu sabia.

Eu não sabia.

Ele fazia ovos mexidos enquanto eu contava que finalmente tinha lido sobre a interpretação dos multiversos que diz que existe um mundo paralelo onde nossos átomos estão organizados de forma diferente, e que essas diferenças geram alterações sutis na realidade. Você tinha razão, Bê, é incrível, você sabia que a onda, não a do mar, a das partículas, forma tudo no mundo, inclusive nós? Partículas que nunca entram em colapso e que estão por aí sem se trombar, em uma infinidade de bifurcações quânticas que dão origem, ao mesmo tempo, a um universo onde tudo pode acontecer.

Não, eu não sabia. Eu não queria saber. O Bernardo chegando cada vez mais tarde. As respostas demorando cada vez mais. Ele indo sozinho à casa da mãe para me poupar. Concordando comigo nos temas em que nunca concordava. Acordando cada vez mais cedo, cada vez mais quieto, cada vez mais longe. Até eu não saber mais onde ele estava. Até ser cada vez menos nós, cada vez menos ele. E se eu ligar ou mandar uma mensagem. Dizer que tenho saudades, sei que a gente combinou de não se falar, é só para dizer que estou com saudades, assim mesmo, saudades, porque quando alguém vai embora a saudade se amontoa a cada memória, uma em cima da outra, saudade que infla e explode em milhões de outras quando encontro algo que me lembra você. Dia desses encontrei um botão que só pode ser de uma das suas quatro ou cinco camisas sociais e quase te liguei pensando que deve estar fazendo falta, sei que você guardava os botões sobressalentes das camisas. Quase te liguei para falar do botão e aproveitar para dizer, esquece essa história, larga tudo, menos eu, larga tudo, mulher, filho ou filha, tudo, larga tudo e vem me ver. Aqui neste mundo paralelo onde nada mudou, onde ainda durmo com a sua cueca, é confortável, fosse um short de mulher seria apertado, cuecas são justas sem serem apertadas e seguram a barriga no ponto certo. Talvez algo tenha mudado, um pouco, algumas estrias a mais, olheiras que viraram tatuagens, e uma espinha interna no nariz que sempre volta e dói na hora em que respiro fundo, eu quase nunca respiro fundo, você sempre dizia que eu respiro rápido demais, você vai dizer que preciso fazer algum exercício, para a saúde, eu sei, a Elisa me matriculou em uma academia, nunca fui, mas prometo que dessa vez eu começo, engordei, não tanto, continuo com um peso que você aguenta tirar do sofá e levar para a cama, também continuo com os cravos na bochecha que você gosta de espremer mesmo comigo xingando e dizendo vai marcar, vai marcar, e meus cabelos estão quase iguais, talvez um pouco mais cacheados, acho estranho, deve ser alguma coisa da água do chuveiro que estragou, tenho tomado banho frio, você podia vir aqui, rapidinho, só para arrumar o chuveiro?

Parei de ler o artigo e perguntei: Bê, se eu morresse hoje, o que você faria? Ele não respondeu. E como quem dá uma boa notícia, continuei a explicar que por causa das bifurcações quânticas existem milhões de versões de nós mesmos vivendo em um multiverso diferente, que ele poderia achar outra de mim em um mundo paralelo, com algumas poucas diferenças, morando em outro país, quem sabe, uma versão de mim que, como eu, acredita ser ela a original. Clara, eu sei, eu li o artigo, agora toma seu café, por favor, vai.

Talvez eu acredite em mundos paralelos e ache que vestindo a única cueca que você deixou para trás eu possa fazer voltar o Bernardo de antes. Você voltaria em uma manhã, pulando em cima de mim na cama, eu reclamando que está cedo, me deixa, e você me sacudindo até eu ceder, depois iria tomar banho enquanto eu faria o café na cafeteira italiana que nunca lavo com detergente porque me ensinaram que o restinho do café ajuda no sabor, mas era só você ver a cafeteira quase preta para lavar com água e sabão, e antes de se sentar à mesa, você bateria os lençóis da cama, ácaros malditos, diria, ou melhor, pensaria. Você nunca dizia malditos, nem palavrões.

Tomei um gole do café. Ele perguntou se já estava frio. Está morno. Clara, eu tomei uma decisão. Tomei outro gole, mentira, está frio, vou fazer outro, quer? Clara, eu quero o divórcio.

Você sabia que *huevos revueltos* é um falso cognato? *Revueltos* significa remexidos e não revoltados, são ovos remexidos. Continuei falando, como se minhas partículas, aquelas que nunca se esbarram, tivessem colidido pela primeira vez e não soubessem bem a melhor forma de agir enviando apenas a ordem de seguir. Contei tudo o que entendi sobre o experimento do gato de Schrödinger, funciona assim, se temos um gato incomunicável dentro de uma caixa totalmente fechada, só saberemos se o gato está vivo ou morto se abrirmos a caixa, mas se isso for feito, alteramos a possibilidade do gato estar vivo ou morto, por isso, enquanto está na caixa, o gato está em um estado de superposição quântica, ou seja, está ao mesmo tempo vivo e morto e seu futuro só será decidido no momento em que a caixa for aberta.

Clara, me escuta, eu pensei muito.

Respondi que não tinha terminado de falar, que uma das tantas interpretações sobre os multiversos diz que o mundo se separa em dois e, com isso, enquanto em um dos mundos o gato está vivo, no outro, ele está morto. Nós também somos capazes de nos dividir em dois, mas uma vez separados, cada mundo paralelo continua seu próprio caminho e nunca mais interage com os outros. E sabe qual a melhor parte, a cada momento que você toma uma decisão neste mundo, existe algum outro você que tomou outra decisão, e que está por aí, em outro mundo paralelo.

Clara, eu já me decidi.

Reli o artigo várias vezes, imaginando a possibilidade de existir em outro mundo um Bernardo que escolheu ficar. Mas para que esse outro Bernardo exista, esse que toma decisões diferentes, o Bernardo que está neste mundo precisa morrer. Igual ao gato que está vivo em um dos mundos e no outro, está morto. Se você morrer hoje, Bernardo, vai restar outro Bernardo que mesmo sem nunca conseguir esbarrar suas partículas em mim, ainda me ama e sabe que quer ficar comigo. Um Bernardo que nunca decidiu terminar nosso casamento, que nunca encontrou outra mulher, um Bernardo que nunca vai ser pai, como a gente combinou.

Para isso eu preciso que você, o Bernardo do meu mundo, deste mundo, morra, agora.

Ela estava de cabelo solto, ela quase nunca usa o cabelo solto. Juntou os cabelos com as mãos umas três vezes. Acho que perdeu o elástico. Sempre perco meus elásticos. Incrível como eles não sobrevivem a mim, assim como tampas de caneta, grampos, pés de meia, tampas de potes, potes, plantas, inclusive suculentas, nomes de pessoas, pessoas, mãe, marido.

Em algum momento, ela se levantou e sumiu para dentro do apartamento com o prato e a caneca. Demorou. Deve ter ido lavar a louça. A não ser que tenha uma lava-louças. Eu deveria ter uma lava-louças, mas já estou apegada aos malabarismos das louças sujas na cozinha. Não é fácil encontrar lugar para tantos pratos e copos e taças. Presentes e mais presentes de casamento. Louças e mais louças amontoadas na cozinha enquanto o armário se esvazia. Desenvolvi um sistema. Coloco uma toalha de papel entre os pratos sujos assim posso empilhá-los, o máximo foram seis. Se o Bernardo aparecer, vai dizer que pelo menos eu não sujei os dois lados do prato, mais fácil de lavar. As taças e copos e xícaras sujos estão distribuídos pela cozinha, em cima da geladeira, no peitoril da janela, nos bancos e na pequena mesa onde ficávamos horas nos cafés das manhãs dos fins de semana.

Apagou as luzes e foi embora às vinte horas e seis minutos. É nona. Amanhã será décima, depois, os dois dias de domingo.

Trouxe o lençol do quarto para dormir aqui mesmo, na poltrona, com os pés no parapeito.

Se eu cair dormindo, será que eu acordo antes ou depois de atingir o chão?

Antes dele sair de casa pela última vez, quando veio buscar as suas coisas, nós fizemos sexo. Depois do sexo, o banho juntos. Ele, como sempre, com a mania de me lavar. Eu, um bebê que já sabe ficar em pé. Ele, um pai zeloso. Eu, uma criança carente. Ele, um adulto tarado. Eu, uma jovem medrosa. Ele, um dominado. Eu, uma dominadora. Ou todos esses temas tratados pela filosofia, mitologia e psicanálise em textos, teses, tragédias e comédias. Ele lavou cada dedo do meu pé, um por um, cada sujeira grudada nos meus entrededos. Teve aquela viagem para o Panamá, voltei com frieiras e carrapatos, que são da mesma família dos ácaros. Um carrapato pode ficar anos sem se alimentar, parado em um tronco de árvore, até passar um animal, quando ele se joga e gruda no corpo do bicho eleito, onde passará dias, meses, anos sugando o seu sangue. Tanto tempo à espreita, até achar alguém em quem gruda, de quem suga felicidade, paixão, sexo, paz de espírito, ano novo na praia, louça lavada, casa própria, bom humor nos dias do seu mau humor, sopa em dias frios, joias nas bodas de papel, latão e prata, não meu amor não precisa ir na minha mãe, sim eu te amo, sim até que a velhice nos encontre, sim pode comer a última fatia, sim até a última vez, sim o que você quiser, meu amor, sim, eu quero, sim eu prometo que não morro primeiro, sim seremos só nós dois.

Ele se ofereceu para arrumar a cama que até aquele dia era nossa e dos ácaros, eles também nossos, e tanto a cama quanto os ácaros passariam a ser só meus. Eu disse que não. Preferia que ele fizesse a faxina, aquela que ele faz tão bem, de esfregar a vassoura com sabão no azulejo manchado e a sujeira se misturar com a mancha. Não sei fazer faxina, nunca soube. Ser limpa nunca foi minha prioridade, não que eu seja suja, talvez um pouco, é que eu nunca me incomodei com o que fica nas frestas.

Ele saiu, mas pareceu que foi viajar ou que só tinha mesmo saído para o trabalho, do tipo bom dia meu amor, bom trabalho, volto às sete, que tal um japonês. Comecei pela louça. Choro de detergente. Os pratos e talheres esfreguei fraco, bem fraco que era para não tirar nenhuma marca e nos copos passei apenas água. Depois varri a cozinha, deixando a sujeira no canto com a vassoura encostada fazendo uma barreira inútil. No pano de chão borrifei o perfume que ele deixou no armário do banheiro, quase no fim, e na máquina de lavar joguei roupas claras e escuras apostando que o azul marinho da calcinha nova venceria. A partir daquele dia eu sabia que seria ainda mais suja. Danem-se os ácaros.

Uma almirante da marinha americana, em um discurso inaugural na Universidade do Texas, disse que arrumar a cama é o primeiro passo para mudar o mundo: precisamos concluir tarefas para nos sentirmos úteis. O Feng Shui diz que o hábito de arrumar a cama todos os dias ajuda a organizar a mente e torna os pensamentos mais claros e objetivos. Em uma pesquisa feita com setenta e oito mil entrevistados, descobriu-se que setenta e um por cento das pessoas que arrumam a cama pela manhã se declaram felizes. Eu não confio em pessoas que se declaram felizes. Quando ele me disse para arrumar a cama todos os dias, eu com cara de quem chorou depois do sexo, segurando a porta do nosso apartamento enquanto ele já estava fora dos limites da casa, com os pés próximos à cobrinha verde que contém a poeira, quando ele disse que eu deveria arrumar a cama todos os dias, eu respondi que não, eu não tenho medo de ácaros.

Desde que ele foi embora tenho que me contentar com os ácaros que dormem comigo todas as noites sem que eu saiba em qual lado da cama eles estão, se roubaram meu travesseiro, se andam pelo meu corpo sem pedir licença porque sabem o caminho, incapazes de me dar um simples boa noite antes de eu não dormir.

Os animais vivem à espreita. O homem não é um animal que raciocina, é um animal que ama, porque nenhum animal inteligente amaria se soubesse que no final o amor se reduz a nada. A ácaros. Se o Bernardo morrer hoje, agora, se ele já estiver morto e a notícia ainda não chegou até mim, se ele morrer neste minuto, a última coisa que eu disse para ele foi: eu não tenho medo de ácaros.

O meio dos meus olhos coça. Ele colocava o dedão no meio dos meus olhos. Pressiona mais, eu dizia, e ele, meio dormindo, pressionava bem onde coçava e com o outro braço fazia cafunés esparsos na minha cabeça pois sabe que movimentos repetitivos no mesmo lugar me deixam ainda mais ansiosa. Ao acordar, meus olhos então amansados gostavam de ver o rosto dele que enrugava quando ele se deitava, parecendo metade jovem, metade velho. Ele tão bonito ficava feio deitado, e eu gostava de imaginar nós dois feios e velhos.

Clara, quando eu morrer, quero que você doe meus órgãos. Bernardo, eu já disse, vou morrer antes, pede pra sua mãe.

Eu não sei se o acordo vale para o divórcio, e se ele morrer hoje antes de mim e a nova mulher dele organizar o enterro no cemitério e um menino cego há anos na fila do transplante ficar sem as novas córneas e os rins, funcionam bem os rins do Bernardo, bebe tanta água. Se ele morrer hoje e quando me ligarem meu celular estiver sem sinal ou for de madrugada quando eu deixo o telefone no silencioso para não acordar com algum desespero da Elisa e o colocarem debaixo da terra com todos os órgãos. Ele quer ser cremado. Será que a nova mulher dele sabe que ele quer virar cinza e não ser comido por bactérias ou ácaros, eles não devem ter falado sobre isso eles não devem ter falado sobre a morte não se fala sobre morte enquanto se espera uma criança nascer, ela não sabe que ele quer ser cremado e vai colocá-lo com todos os órgãos debaixo da terra. Existem ácaros debaixo da terra? Os ácaros respiram? Mortos não respiram mas o Bernardo espirra muito e um espirro se for muito forte pode causar até um derrame ou um ataque cardíaco e tem aquela notícia de um cara que no ano novo espirrou champanhe na cara de outro e acabou morrendo esfaqueado e se o Bernardo morrer esfaqueado e descumprir nosso acordo de só morrer depois de mim? E se o coração dele parar de funcionar ou suas células desistirem de trabalhar, sei lá, tipo uma greve geral, ou ele descolar a retina quando estiver lavando o rosto como aconteceu com um amigo nosso que teve que ficar uma semana de cabeça para baixo depois de colocar um líquido novo no olho e se ao descolar a retina o Bernardo tropeçar cair e bater a cabeça e se ele dirigir rápido e bater o carro de um jeito idiota porque o Bernardo é um pouco idiota e limpo o Bernardo é muito limpo. E se ele morrer e eu estiver sentada vendo a vista como se ele estivesse vivo?

E se ele já estiver morto?

Elisa chora tanto que eu não consigo chorar. Todos choram. Menos eu e os dois sobrinhos do Bernardo que não entendem o que estamos fazendo nesse lugar cheio de gente vestida de preto sem nenhum brinquedo. O mais velho pergunta à mãe onde é o parquinho. Ela o abraça, empurra o choro para dentro e sugere que brinquem de pique-esconde. O pequeno se esconde atrás de um grande túmulo com duas estátuas de anjos na ponta dos pés, um deles segurando uma pomba branca prestes a levantar voo. Leva uma bronca de um funcionário e volta chorando. Sua mãe aproveita e chora pela primeira vez na frente do filho que logo para de chorar. Elisa está com um vestido preto e justo. Minha mãe está calma, veste um vestido florido ornando com a paisagem que, além dos túmulos e das grandes lápides, é cheia de árvores e flores. Estou de branco. Estou de branco porque estava de branco ontem. Estou de branco porque não troco de roupa desde ontem. As pessoas acham que estou de branco por motivos de religião, Oxalá, para que ele vá em paz, para falar com Deus. Estou de branco porque gosto deste macacão branco, é confortável, é fácil de vestir, é fresco, e porque estava limpo. Coloquei ontem quando o Bernardo disse que logo mais me buscaria. A gente ia comer hambúrguer. Nada especial. Um hambúrguer na mesma hamburgueria onde a gente sempre ia quando eu ou ele queria comer um hambúrguer. Ele queria. Eu não queria tanto, mas tem a batata frita, eu sempre quero a batata frita. Me dizem meus pêsames toda hora. Meus pêsames vem de pesa-me. Respondo isso a uma parente do Bernardo que eu não conheço e ela repete, sim, pesa, pesa muito. Minha mãe tenta consolar a mãe do Bernardo. Diz que não imagina a dor que teria se me perdesse. Depois diz que eu sou forte, não se preocupem, ela é forte. Todos concordam, como ela é forte. Iríamos na mesma hamburgueria onde ele pediria um hambúrguer duplo com acréscimo de cebola caramelizada. Eu pediria um molho especial da casa para as batatas. Ele diria que é melhor não beber, amanhã trabalha. Eu diria que é melhor beber exatamente porque amanhã ele trabalha. Ele diria que sou uma alcoólatra e pediria duas cervejas.

Eu diria que ele também é, depois apontaria para sua barba suja de cebola caramelizada porque sei que ele fica com vergonha quando algo gruda na barba. Ele perguntaria do meu dia, se eu consegui escrever, e eu diria que sim, mesmo não tendo conseguido ler nem escrever nada, sem saber por que estudo literatura se ninguém mais no mundo quer saber sobre literatura e perguntaria da sua reunião, ele diria que foi cancelada e falaria das pessoas do trabalho que eu não conheço como se eu conhecesse e de alguma forma parece mesmo que conheço. Elisa diz que precisa ir embora. Me abraça como se eu fosse morrer dali a alguns minutos. Diz que eu vou chorar quando tiver que chorar. Minha mãe também me abraça, Claruxa, meu amor, eu vou cuidar de você, não se preocupe, eu vou cuidar de você, pode chorar, minha filha, pode chorar, sua mãe está aqui. Ele diria que não aguenta mais um ano nesse emprego. Eu diria para ele se demitir, fazer o mestrado, a gente vive de bolsa, a gente dá um jeito, eu posso arrumar um trabalho, dar aula em uma escola de crianças ricas, e você pode estudar astronomia, física, ou sei lá, teologia, algo que explique o todo, o mundo, as respostas, você sempre gostou mais das respostas do que das perguntas. A irmã do Bernardo tenta falar algo e não consegue. O choro. A prima fala. Chora menos. Diz que ele era mais do que um primo, era um bom amigo, sempre disposto a ajudar, um neto paciente, um filho carinhoso, um marido exemplar, olha para mim e repete, exemplar, e tenho certeza de que ele teria sido um excelente pai. Perguntam se eu quero falar alguma coisa, eu digo que não. Na segunda cerveja ele diria que não é hora de largar o trabalho, a gente precisa juntar mais dinheiro, pensar no futuro. Sua família é rica, eu diria. Minha família é você, ele responderia. Volto atrás, quero falar, falo que o desejo do Bernardo era ser cremado, não enterrado, ele também queria que doassem seus órgãos, todos. Sua mãe aumenta o volume do choro. Minha mãe me pega pelo braço e me leva para longe do caixão, olha nos meus olhos e diz, minha filha, eu vou cuidar de você, minha filha, eu vou cuidar de você. Vou embora sozinha. Me perguntam se tudo bem eu ir embora sozinha.

Como se eu soubesse a resposta. As respostas mudam, Bernardo, são as perguntas que se mantêm sempre as mesmas. Me sento na poltrona perto da janela e coloco as pernas no parapeito baixo. Olho para o prédio da frente, só mais uma noite seca como todas as noites em São Paulo, olho e vejo uma mulher sentada embaixo de um lustre verde-limão escrevendo em um caderno. Nunca tinha visto essa mulher. Desde quando ela mora ali, não sei. Continuo olhando. Ela para de escrever para comer ou beber algo. Tem uma simpatia na forma como se movimenta. É bom olhar. É chinesa. Parece chinesa. Olho o celular e a última mensagem que o Bernardo me mandou foi: chego em quinze. Sem dizer se minutos, horas, dias, anos, séculos. Olho de novo para ela. Ela para de escrever e parece que olha para o nada. Olho de volta. Ela sorri. Choro.

O Bernardo deste mundo insiste em viver.

Enquanto a Chinesinha não volta, resolvi não ser nada por dois dias, e não sendo nada tive uma sensação estranhíssima de ser alguma coisa. Alguma coisa que não sei. Agora eu entendo, Bernardo, não saber é um alívio enorme, não ter que explicar, digo, é como abraçar o nada. A constância do simples está em não ser nada. Mas você não pode ser nada. Só eu posso ser nada. Você vai ser pai. Só pode ser nada quem não tem filhos.

Queria te contar que teve uma única vez. Você estava assistindo a um desenho com o filho pequeno do seu primo. Estavam sentados no chão e apoiados no sofá. Você colocou alguns travesseiros no seu colo e ele se encostou em você, segurando seus joelhos como quem se prepara para a queda iminente da montanha-russa. A cena era triste, um personagem morria, e assim que você percebeu, o aproximou do seu dorso, e ele deve ter apertado seus joelhos ainda mais porque você não tirava os olhos das mãozinhas dele, eu vi, vi como você mirava cada músculo daquela mão que mesmo sem a gente perceber, crescia. Você colocou sua mão em cima da mãozinha dele que crescia porque agora ele sabia o que era a morte. Até que começou uma música alegre e você o puxou para dançar, e você dança mal, Bernardo, tão mal, e por dançar tão mal deixou a cena ainda mais bonita. Foi a única vez, depois disso, nunca mais.

Quando você voltar na segunda, Chinesinha, eu já terei cansado de ser nada.

Preciso comprar biscoitos.

Ficou de pé sem nenhum sinal de que se levantaria e se debruçou na janela. Procura algo. Não gosto quando ela se move rápido demais. Olha para baixo, para os lados, para cima, para mais acima, para o meu acima.

Olha na minha direção.

Fecho a janela e me abaixo.

Não quero ser vista. Não sei o que faria se ela me visse. Melhor não ser vista. Eu não quero que ela mude. Eu não quero que nada mude. Quero que tudo fique no mesmo lugar, Chinesinha. Eu, você, a mesa, o lustre verde-limão, as cortinas. Quero que tudo continue como está desde quando tudo saiu do lugar e você passou a ser minha única marcação do tempo. Me falta ar. Deito no chão e tento respirar do jeito que o Bernardo vivia me mandando respirar, você inspira mais do que expira, Clara, tem que expirar mais do que inspirar, me explicando o que é ar residual, o ar velho que se acumula, tem que tirar esse ar velho e sujo daí de dentro, inspira em quatro, solta em sete. Impossível. Deve ser por isso que sou um pouco suja, para me igualar ao ar que tenho dentro, imundo como esse tapete, nunca lavei esse tapete, será que o Bernardo já lavou esse tapete? Sempre fiz o contrário. Inspiro em sete, expiro em quatro, três, talvez dois. Se ela descobriu que é vista, estaria na janela esperando eu voltar para dizer eu sei, eu sei que sou sua vista? Ela não quer ser vista. Talvez seja melhor ficar um tempo sem abrir a janela. Ser chão, só por um tempo. Inspirar e expirar o ar que chega do alto. Você inspira mais do que expira, Clara. Inspiro a poeira que se mantém suspensa no ar. Poalha. A dança lenta das poeiras que vejo pelo rasgo de luz. Se chama poalha. Repito a palavra devagar até que ela se desintegre e perca o sentido. Poalha, poalha. As poeiras dançam uma valsa livre e visível a olho nu. Tento seguir o ritmo. Bilhões de partículas se movendo no ar como se fossem plumas. Quero saber quantas. Entram pelo meu nariz, olhos, ouvidos e boca. Conto mais de trinta. Pelos meus poros, pele, minha camada basal. Talvez sejam cem. Preenchem os vazios que ocupam cada ângulo de casa. Começo a contar de novo. Parecem não ter gravidade nenhuma. Conto mais e mais devagar. Tento me ver em um grão de poeira. Quanto mais devagar, mais fácil fica. Fecho os olhos. No escuro a nuvem de poalha se dispersa. Não, ela não me viu. Bem devagar, contar bem devagar para que tudo, inclusive eu, desapareça.

A Chinesinha escreve como se nunca tivesse olhado para fora. Mantém o nosso combinado que é só meu.

Depois de doze minutos, ela divide o cabelo em duas mechas e puxa cada uma para um lado, firmando mais o rabo de cavalo. Olha para fora da janela de novo, desta vez quando passa o carro de gás tocando "Für Elise". Tem o olhar fixo de quem faz uma conta invisível no ar, usando a paisagem apenas como uma tela de escrita mental. Se me vê, sou uma lousa transparente na qual projeta seja lá o que pensa.

Aos poucos minha mãe foi deixando de me ver. Dava para sentir seu olhar atravessando minha pele e todos os meus órgãos e minha pele de novo e a parede e a cidade e o céu até se projetar em algum lugar que não era deste mundo. No início eu a interrompia, depois passei a olhar de volta, imóvel, até ela voltar e me dizer que precisava escovar os dentes ou que queria comer algum produto tão específico da sua infância que não existe mais.

Todo mundo vai morrer, eu sei, mas mãe não é todo mundo. Morte é o oposto de mãe.

Minha mãe sempre dizia, você é tudo o que eu tenho, Claruxa. Até que passei a querer me livrar de ser tudo, e quanto mais eu queria não tê-la ali, doente, sem conseguir ir ao banheiro sozinha, o corpo se desfazendo, ela ficando cada vez mais parecida com uma criança indecisa que nunca sabia se queria suco de laranja ou melancia, é só um suco, mãe, por favor, escolhe logo, quanto mais eu queria que tudo isso acabasse logo, mais culpa sentia e quanto mais culpa sentia mais eu cuidava dela para que ela nunca fosse embora. Toma o suco de melancia, mãe, laranja faz mal para o seu estômago.

A cada sorriso dela um afago agudo. A mulher que me trouxe ao mundo habitando um corpo infantil. Um feto fora da barriga. O corpo que me pariu, aos pedaços, o corpo que fez meus braços, pernas, órgãos, um a um, que fez meu pulmão, meu baço, meu coração que já batia quando era do tamanho de uma unha. E eu querendo explodir de cansaço, de raiva de você ficar doente aos quarenta anos, e eu aos vinte aprendendo a cuidar de alguém que vai morrer, de alguém que já morreu, fazendo comida, dando comida na boca, dando banho, dando bronca. O Alzheimer raro em alguém tão jovem seguido de um câncer no cérebro também raro em alguém com Alzheimer, mas minha mãe não, minha mãe era rara em dobro. Eu queria que ela sobrevivesse, mas também queria que ela morresse, logo, o mais rápido possível.

Tudo o que tenho no mundo é você, Claruxa, dizia enquanto eu ainda era sua filha, sem nunca ter me perguntado se por acaso eu queria esse título. Ser o tudo de alguém que morre antes. Ser a responsável por decidir não mais entre o suco de laranja ou de melancia, mas se devemos tentar a quimioterapia mais uma vez ou se a deixamos morrer em casa. É uma questão de saber esperar, diziam os médicos. Deus sabe o que faz, diziam os enfermeiros.

Ela adorava dizer que sou fruto de um erro que deu certo. Ele tinha cinquenta, ela, dezesseis. Ele a chamou para dançar no meio do bar lotado, onde se ajoelhou e a pediu em casamento, disse que a levaria embora dali, do interior do interior de Minas Gerais. Foi embora na semana seguinte, prometendo a volta. Nunca mais apareceu, e depois de muito procurar, desesperada, achando que ele podia ter se acidentado ou qualquer coisa pior, ela descobriu que seu nome e endereço eram falsos, que tudo era falso, mas não faz mal, Claruxa, eu só posso agradecer, ele me deu tudo que eu tenho. Seu pai, minha filha, me deu você.

Quando já estava bem doente, lembrando só do passado distante, ela ouviu uma música na sala de espera do médico, é a minha música com o Álvaro, ela disse, e durante vários dias me pediu para ouvir a mesma música de novo e de novo, dizendo essa é a minha música com o Álvaro. Eu perguntei quem era Álvaro e ela respondeu, sem eu saber ao certo se me reconhecia ou não, que Álvaro era o pai da sua filha, e quando ela me pediu pela vigésima vez para eu colocar a música, eu perguntei: e quem garante que ele é mesmo meu pai.

Ela cravou a mão no meu queixo com uma força que achei que já não tinha e falou com uma lucidez que já era rara, eu nunca tive outro homem.

No dia seguinte, me pediu de novo, é a minha música com o Álvaro, e ficou cantarolando a trilha sonora da sua única história de amor.

Ela nunca tinha atendido o celular. Se levantou e ficou sete minutos andando de um lado ao outro, saindo do meu campo de visão, voltando para o meu campo de visão, até ficar parada alguns segundos, não sei quantos, meu relógio não marca os segundos, ficou estática como quem se pergunta por que mesmo eu me levantei? Pegou a bolsa e saiu.

Pela primeira vez, não tirou o prato e a caneca da mesa. O caderno acho que nunca tira, me pergunto se é sempre o mesmo, escreve tanto.

Já faz quinze minutos que ela saiu e ela só tem mais vinte minutos, então pode ser que volte para aproveitar o pouco tempo que resta ou só volte à noite quando os biscoitos, se forem doces, vão estar cheios de formigas. Uma vez deixei um prato com um pedaço de bolo de chocolate na minha mesa e pouco tempo depois parecia que todas as formigas existentes em São Paulo se reuniram para o banquete. O Bernardo disse que eu devia comer o bolo assim mesmo, pagar o preço da minha distração. Me encheu tanto que comi. À noite eu podia jurar que algo estava se movendo dentro de mim.

O que aconteceu, Chinesinha?

Elisa me liga, não atendo, liga de novo, não atendo, liga de novo, atendo. Fala que marcou um massagista xamânico que vai me ajudar a sair dessa. Pergunto o que é dessa e ela começa a me relembrar as fases do luto de um relacionamento, negação, raiva, barganha, depressão, aceitação. Não diz em que fase estou e prefiro não perguntar. Prometo que vou, ela me pede para jurar e depois me conta que viu um vídeo do tal massagista na internet, você vai adorar, ele é um coroa bem conservado. Desligo.

Nada da Chinesinha.

As formigas já devem ter tomado todo o apartamento, invadido a despensa e aberto todos os pacotes de biscoitos. Cadê você, Chinesinha? Você não pode não voltar. Se você não voltar, terei que passar meus dias vendo um coelho preto que não faz nada além de ser um coelho preto. Ou uma criança que detesta seres humanos, ainda que ela tenha razão em detestar seres humanos, crianças sempre têm razão, mas elas crescem e aprendem a duvidar de si mesmas, matam a lógica do lúdico, descobrem que promessas são notas promissórias de afeto e engravidam aos dezesseis anos e ficam doentes ou se casam, gastam dinheiro que não têm em uma festa de casamento cheia de bordado e papeizinhos dourados cobrindo bombons de uva com leite condensado, e acham tudo lindo até verem que nem é tanto assim, e acabam indo em busca de algo um pouco mais dourado, mesmo sem saber por qual motivo, outro bombom, algo novo, um brigadeiro de capim limão ou um doce vegano sem gosto de doce de verdade. Não, eu não posso passar meu dia vendo crianças e coelhos e homens se depilando. Não posso passar meu dia sem que nada do que eu espero volte, eu preciso que algo volte, eu preciso que você volte, Chinesinha, para que eu acredite que algumas idas têm volta, que nem todo movimento de partida tende ao infinito. Preciso que você seja minha indefinição, a falta de respostas que me estabiliza, a vista que acalma porque não tem luz demais nem de menos, é apenas suficiente, eu preciso que você seja simples e suficiente, preenchendo meus ângulos vazios, os ângulos vazios do lado de dentro, eu não posso mais olhar para o meu lado de dentro, é como olhar para o sol do meio-dia a olho nu.

Ela voltou às dezessete horas e cinco minutos.

Me senti como uma criança ou um coelho ou um cachorro que recebe de volta o seu dono depois de achar que ele havia morrido, mesmo ele tendo saído por menos de uma hora. Assim que chegou foi até a mesa sem nem tirar a bolsa do ombro, levou o prato e a caneca para a cozinha e voltou a se sentar, apenas com a caneca, sem biscoitos, e escreveu, escreveu, parou, olhou para nada, bebeu rápido, acho em três ou quatro goles, escreveu mais um pouco, se levantou, apagou as luzes e foi embora.

Como se nada tivesse acontecido.
Talvez nada tenha acontecido.

Resolvi ser vista.

Decidi que tudo precisa mudar para que as coisas permaneçam iguais. Para que possamos refazer o mesmo acordo. Para que não haja sustos. Preciso que nada mude na sua rotina que também é minha. Prometo me intrometer pouco. Só tenho uma pergunta. O que você bebe na caneca. É só isso que quero saber. Minto. Quero saber tudo, mas querer saber é o que tem me mantido alerta. Preciso estar alerta para não cair no vazio de dentro. Sobre o que você escreve vou deixar que me conte se quiser. Acho que você quer. Para ter uma opinião. É bom ter alguém para pedir opinião. Eu serei seu alguém, Chinesinha.

Colei quatro folhas de caderno uma na outra para conseguir uma cartolina improvisada e escrevi: Olá, Chinesinha. Colei o aviso na janela com cuidado, cair da janela não é uma opção. Nunca daria esse prazer ao Bernardo, pensar que me matei por desamor. Ele morria de medo de que eu caísse, reclamava que nunca viu uma janela tão baixa, que deveríamos colocar uma tela ou alguma proteção, e eu dizia que éramos adultos, que este é um apartamento de adulto que nunca teria nenhuma criança e por isso não era preciso se preocupar com a altura do parapeito.

Falta apenas meia hora para acabar o horário da manhã. Olho para fora e nada da Chinesinha. Olho para dentro e continuo cercada de um nada luminoso. Volto para fora e duas pessoas aparecem no seu apartamento. Nenhuma delas é você. Um homem vai até a janela e olha para baixo, para o lado, para cima. O homem ri e dá tchau. Para mim. O cartaz. A cartolina improvisada com as folhas de caderno porque adultos não compram cartolinas, só quem tem filhos compra cartolinas, minha mãe nunca me comprou uma cartolina, em breve o Bernardo terá que sair mais cedo do trabalho para comprar cartolina.

Fecho as cortinas.

Onde está você, Chinesinha?

Ela não voltou. Desde que se tornou minha vista ela nunca não voltou. Pode ser que ainda volte. Não sei de onde ela volta, mas ela volta. Ela precisa voltar. Pode ser que tenha sido sequestrada, os homens que apareceram na janela a sequestraram. Pode ser que ela esteja desaparecida e os homens foram procurá-la, cerca de nove pessoas desaparecem por hora no Brasil, muitos porque saem de casa desorientados, ela pode ter saído desorientada pelas ruas e acabou batendo a cabeça em um poste, eu já bati a cabeça em um poste, estava distraída atravessando e o poste lá, sem nem se mover, ela pode ter batido a cabeça e ter tido uma perda de memória temporária e está tentando voltar para o apartamento, dando voltas e voltas no bairro sem saber onde é mesmo que mora, perguntando para as pessoas se sabem de onde ela veio, o que aconteceu, para onde ela estava indo, para onde você estava indo, Chinesinha?

Grito seu não nome da janela. Alguns vizinhos vão até a janela conferir se escutaram mesmo um grito. Um menino grita algo de volta do terceiro andar. Fecho a cortina. Ela descumpriu nosso acordo mais uma vez. Não mudar nada. Manter o nada acontecendo todos os dias.

Liguei para a polícia. Minha vizinha desapareceu. Me pediram um nome. Não sei. A senhora tem alguma suspeita? Não, mas ela não aparece em casa há dois dias. A vítima trabalha com quê? Vitíma? A desaparecida, trabalha com quê? Escreve. É jornalista? Não, escritora, acho que é escritora. Entendo, e ela costumava sair muito de casa? Sim, todos os dias. Ia pra onde? Não sei. Como a senhora disse que ela se chama mesmo? Não sei, o que eu sei é que ela desapareceu e preciso que a encontrem, ela precisa voltar, é o combinado, ela precisa voltar pra casa.

Sugeriram um post nas redes sociais com a sua foto ou espalhar um aviso pelo bairro, mas a senhora fique tranquila, ela deve estar na casa de amigos ou familiares ou fez uma viagem sem avisar, acontece muito.

Eu não tenho uma foto sua, Chinesinha. Eu nunca tirei uma foto sua. Poderia fazer um retrato falado. É alta, é asiática, chinesa, é chinesa. Tem olhos pequenos, capazes de enxergar além dos prédios, além de mim. Os cabelos são pretos e lisos, um pouco abaixo do ombro e um pouco acima do peito. Mas ela gosta mesmo deles presos, bem presos. Com elásticos, a não ser que os tenha perdido, acho que perde os elásticos como eu e às vezes precisa prender o cabelo usando uma caneta ou lápis com ponta, para prender o cabelo com lápis ele precisa estar bem apontado para entrar no bolo, mas eu acho que ela prefere caneta. Ela usa roupas de ginástica, mas não top e sim uma calça justa e uma blusa larga. Sem estampa. Nunca a vi de estampa. Talvez se a desenhassem com uma caneca e um pacote de biscoitos. Chinesa desaparecida comendo biscoitos. Fiz algumas anotações, pode ajudar. Sei todas as suas variações de movimentos, ainda que sejam poucos e brandos. Sei como ela se movimenta mesmo estando quase sempre imóvel. Isso não significa que seja triste, pode ser que seja alegre. Se olharmos uma pedra, ela está imóvel. Mas se observamos seus átomos veremos que estão em constante vibração num contínuo pulular de microeventos. Ela às vezes vira uma pedra. Depois volta a ser gente e escreve, bebe, come, escreve, bebe, come, a repetição como a única forma de parar o tempo, a repetição como o antídoto para a mudança, a repetição como a fórmula para o esquecimento, repetir, repetir, repetir para que a palavra vire apenas um som. Tem como desenhar a passagem do tempo? Ela fazia a mesma coisa todos os dias pela manhã e no início da noite. É preciso desenhá-la sentada em uma mesa perto de uma janela embaixo de um lustre verde-limão que esteja aceso. O retrato pode ser preto e branco e só o lustre colorido? Uma vez ela deitou a cabeça na mesa, parecia cansada. Pode fazer uma expressão de cansada, não muito, só um pouco, porque isso foi há alguns dias e eu não sei se ela já descansou.

Perdi minha vista. Não consigo olhar para o lado de fora mesmo sabendo que a esta hora ela não estaria lá. Saber que ela pode não voltar faz com que a sua ausência seja uma pedra, não uma pausa.

Olho do parapeito para dentro. Pisco os olhos várias vezes para me acostumar com a luminosidade. O que vejo é uma casa mobiliada de vazios. Além desta poltrona, a cama, uma mesa pequena, o rack de madeira descascada onde minha mãe guardava os vinis da adolescência, e o espelho com moldura barroca que ela insistia em dizer que era da minha avó, mas que na verdade comprou em alguma feira de rua. Vejo apenas os vazios dos móveis que eram na maioria do Bernardo, presentes dos parentes, cada um tinha algo para dar, a penteadeira da vó, o relógio do bisavô, a cama que ficava na fazenda, o tamanduá de madeira que ele adorava quando era criança.

Ao lado da nossa cama, uma mancha branca marca a ausência da mesa de cabeceira que nem mesmo ele, fiscal da limpeza, arrastava na hora de passar a cera no piso. Na sala dá para ver os tacos soltos que ficavam escondidos pelo tapete pixel que ele insistiu em comprar e de que eu não gostava, mas gostava porque ele gostava tanto. Também dá para ver o parafuso, dois, o que deu certo e outro torto que sustentava o quadro dado também por alguém da sua família com uma cena ridícula de um pôr do sol genérico que eu detestava e ele também. Um apartamento mobiliado com as memórias de uma família de memórias.

Você é da família, Clara, tudo o que está aqui também é seu.

Alguns dias depois de ir embora, ele voltou para buscar tudo o que era dele.

Resta só uma deslembrança enorme que ocupa a sala mais do que o antigo sofá de quatro lugares. A cada dia mais ácaros e memórias indiferentes, não mais as discussões de sábado sobre temas científicos, do cosmos ao nitrogênio, do caos ao big bang, ou os assuntos mais idiotas, como o amor, idiota, o nosso amor, nós dois sendo idiotamente cotidianos, aquela vez em que você derrubou uma dúzia de ovos na porta do elevador, precisamos arrumar esse taco, será que a gente devia lavar o tapete ou deixa para o ano que vem?

Agora este apartamento cheio de vazios cheios é meu. Não, nosso. Preciso comprar a sua parte. Não tenha pressa, Clara, quando acabar o doutorado e conseguir dar mais aulas, quando tiver mais estabilidade, você pode financiar ou me pagar em muitas parcelas sem precisar envolver o banco. Eu pagando um valor mensal para sua nova família durante trinta e tantos anos, pagando o leitinho, a papinha, as fraldas do seu filho, do neto de Dona Lourdes. Pagando a creche, a babá, a lingerie nova da sua esposa para apimentar o relacionamento depois que a criança nascer. Pagando a escola que vai garantir que seu filho ou filha passe no vestibular. Pagando as férias na Euro Disney porque a norte-americana você acha cafona. Pagando a faculdade porque o moleque não passou na universidade pública, mas tudo bem, a faculdade é ótima. Eu pagando as parcelas para que você tenha a vida que me prometeu nunca ter.

Existe um mundo onde nenhum de nós existe. Onde eu não existo. Mas para esse mundo existir, precisamos existir aqui, neste mundo. Eu, o Bernardo, a mulher do Bernardo, o feto na barriga da mulher do Bernardo, a Elisa. Não a minha mãe. Minha mãe morreu e existe em outro mundo que não este. A existência é um jogo de toma lá dá cá. Cada um pensando ser a cópia original de si mesmo. Gosto de pensar na minha não existência enquanto não morro. Não que eu nunca tenha morrido. Morro com alguma frequência, mas estar viva tem me assustado mais do que a morte.

Deito no chão para ser o sofá. A primeira coisa que o sofá enxerga é a porta de entrada. O sofá viu todas as vezes que o Bernardo entrou e saiu deste apartamento. Olho para a porta. É uma porta de saída.

O porteiro se assusta ao me ver, como se eu tivesse saído de um coma. Também me assusto. Olho em volta e percebo como este mundo continua igual, num atrevimento jocoso. Os moradores de rua continuam invisíveis de tão evidentes. A padaria da esquina continua com o cardápio de pratos feitos a vinte e nove e noventa e nove. Um estudante de uniforme esbarra em mim e eu peço desculpas. Vejo uma loja de móveis que não existia ou talvez eu nunca tenha reparado. Pessoas atravessam, cada uma em um ponto da rua, tentando chegar intactas ao outro lado, pensando serem imunes a qualquer desastre. Nem um carro para na faixa de pedestre. Paro na faixa de pedestre. Não atravesso. A casa da esquina continua demolida com uma placa de em breve aqui apartamento com lazer completo. Ando devagar fingindo que não procuro ninguém, nada, ando como se estivesse perdida. Estou perdida. Ainda que saiba onde estou. Se me distrair, a Chinesinha pode aparecer e esbarrar em mim. É mais fácil achar alguém quando você não está procurando. Muita gente esbarra em mim. Eu deveria ir até o seu prédio e esperar que ela volte. Eu não sei em qual rua fica a entrada do seu prédio. Tudo parece igual e diferente. Um homem me olha sem nem tentar disfarçar que me olha. Estou de pijama. De frio. Um pijama estampado de luas crescentes ou minguantes, nunca soube a diferença. Olho para os meus pés e me certifico de estar usando chinelos. Estou. Muitas pessoas reparam em mim, no início, logo me integro à paisagem. Ninguém se importa. Precisam reparar nos seus caminhos, na sua pressa, correr, correr, correr. Correm demais. Um homem passa correndo, de verdade, de short e blusa com nomes de patrocínio. Olho atenta para os rostos. Tem poucos asiáticos no bairro. Uma mulher para na minha frente, vai para direita, eu também, vai para esquerda, eu também, direita de novo, ela para, sorri, não sorrio, e sigo. Logo depois uma senhora esbarra em mim com força, me chama de sonsa, menina sonsa, nunca ninguém me chamou de sonsa. Talvez eu seja um pouco. Sonsa. Tento me localizar e continuo sem encontrar a entrada do prédio da Chinesinha. Passo em frente ao bar onde a gente almoçava aos domingos porque era o único lugar vazio com comida de verdade, você dizia, esse bar tem comida de verdade, não alguma redução de molho num pedaço mínimo de carne de porco exótico e selvagem da Malásia. Conhecemos o Carlinhos, o garçom, eu gostava de cumprimentar o Carlinhos só para ele me perguntar de você, dizer que a gente é um casal gente boa e me contar sobre a vida de quem eu não conheço como se eu conhecesse. Entro e peço um café. E uma paçoca. Pergunto a um garçom que não é o Carlinhos se alguma mulher chinesa tem o hábito de aparecer por ali. Ele movimenta a cabeça insinuando um não pouco esforçado enquanto passa pano no balcão. Bebo o café e me dou conta de que saí sem bolsa nem dinheiro nem celular. Digo que conheço o Carlinhos, ele sempre me deixa pagar depois. O Carlinhos está de folga. Ele pega de volta a paçoca que eu ainda não comi e não diz mais nada. Viro à direita, esquerda, direita e sou capaz de ver a parte de trás do prédio da Chinesinha. Sigo em frente e chego em uma rua sem saída. Viro à esquerda, depois esquerda de novo, depois direita. Sigo. Nada. Me sento na calçada. É mais fácil encontrar alguém estando parado do que em movimento. Se o encontro acontecer, será em um ponto determinado para que aconteça. Ainda que eu não esteja na frente do seu prédio, estou perto. Se ela vier do metrô e me encontrar é destino. Se ela for na sorveteria que fica na esquina, sair com o sorvete e parar na minha frente bem no momento em que lamber a casquinha porque o sorvete começou a derreter, acaso. Se preferir o copinho ao invés da casquinha, destino. Se ela tropeçar naquela placa de obras, acaso. Se ela passa todos os dias por essa rua e logo hoje passar por mim, destino. Vejo pessoas e pessoas que não me enxergam. Uma mulher asiática passa. Velha demais. Um senhor de mais ou menos setenta anos usa bermuda rosa-bebê e espera um cão pequeno e feio fazer cocô na calçada. O cão faz. O homem puxa o cão e segue ciente do delito. Uma mulher vem logo atrás, usa um salto médio e fino, quase pisa no cocô fresco, não vê, e porque não vê, não pisa.

Tem coisas das quais nos livramos pelo simples fato de que não as vemos. Mudo a direção do meu olhar para não ver quem será a pessoa sorteada a pisar no cocô. Um homem me pede dinheiro, digo que não tenho, ele me olha e não insiste, segue o caminho, depois volta, me olha de novo, faz um movimento com os lábios que não decifro, vai embora. Um entregador de comida anda de bicicleta pela calçada e quase atropela um homem de terno. Se xingam. Uma senhora velha, bem velha, passa bem na minha frente apoiada aos braços de uma mulher jovem que mexe no celular e usa um jaleco branco. A senhora anda devagar, retira seu pé de uma poça de lama movediça cada vez que o levanta. Seus olhos olham para dentro e a cada passo ela afunda mais os pés e os olhos. A jovem para e cumprimenta outra jovem na porta de uma loja de roupa. A senhora fica sozinha na calçada, imóvel, afunda cada vez mais e mais e mais até chegar ao centro da terra. Dizem que ali não é seu lugar e a mandam de volta, ela volta, tenta olhar ao redor, mas só enxerga o que está dentro da sua cabeça. A jovem volta e ela rejeita seu braço uma, duas, três vezes. Depois começa a andar para o sentido contrário, pensa que corre, pensa que foge, mas anda tão ou mais devagar do que antes. Até que a jovem força o seu braço e a faz andar novamente para o outro lado. Dois passos e a senhora para de novo e pela primeira vez olha para fora, para a jovem, larga seu braço e caminha rumo a sua desordem, rumo a um mundo onde velhas podem caminhar ainda que lentas, ainda que lerdas, ainda que sonsas, ainda que frágeis, ainda que sozinhas, ainda que não tenham ninguém, ainda que tenham alguém e mesmo assim tenham sido deixadas com uma pessoa estranha que lhes dê banho, comida, que lhes dê o braço, falando com uma voz de criança como se velhas tivessem problemas mentais, e têm, sabem demais, viram demais, viveram demais, sabem olhar na sua cara e enxergar seus erros do futuro e do passado, sabem que você tem asco só por ela ser velha, e sozinha.

A jovem agarra seu braço com mais força, seguem.

Mais pessoas passam, até que passa uma mulher de olhos puxados, vejo rápido, segue de costas, parece alta, é alta, usa uma calça preta justa e uma blusa de frio grande e larga, rosa, me levanto, vou atrás. Destino. A não ser que ela nunca passe por essa rua e exatamente hoje tenha decidido passar. Acaso. Seu cabelo está preso em um coque. Não reconheço a Chinesinha de costas. E se for ela. Não sei o que dizer. Nada, não direi nada. Quero apenas que esteja viva. Está viva. Talvez eu peça que volte, sim vou pedir que volte. Ela entra na lavanderia. Entro. No balcão, uma mulher a atende enquanto outra me pergunta se pode me ajudar, quero dizer não, ninguém pode me ajudar, mas digo sim. Quanto é para lavar esse pijama? Preciso ver o tecido. A atendente toca no meu pijama. Ela não olha para o lado, tento olhar sem virar a cabeça enquanto ela entrega um papel para a atendente sem dizer nada e recebe em troca uma roupa embalada. Saio atrás sem ouvir quanto custa para lavar meu pijama. Seria bom lavar meu pijama. Não sei qual foi a última vez que lavei esse pijama. Ela segue reto dois quarteirões e vira à direita, esquerda, segue, anda um ou dois quarteirões, até que para e entra em um prédio a três prédios do meu.

O porteiro me pergunta se o passeio foi bom, o dia tá bonito, né, Dona Clara. Diz que a Elisa ligou na portaria perguntando por mim, ela tá preocupada porque a senhora não tá atendendo o celular.

Volto a ser um sofá. O sofá também enxerga o rack que foi da minha mãe. Odeio o rack por ter sobrevivido a ela. Choro. Faz um tempo que não choro. Ser um sofá com vista para a porta de saída me faz chorar. Também espirro, respiro e espirro toda a poeira acumulada de anos sob um móvel pesado demais para se empurrar. E a cada espirro, choro um pouco mais a ponto de que nenhum grão de poeira, por menor que seja, consiga entrar no meu nariz. Até que paro, chega de chorar, sofás não choram.

Parece um colo de mãe. Era assim que minha mãe descrevia o remédio que tomava para dormir quando eu era adolescente e ela dizia que só duas coisas a faziam dormir em paz: eu estar em casa e a pílula-colo. Uma vez eu pedi a pílula, tinha quinze anos e chorava descompassada por causa de um menino de dezoito que terminou comigo porque eu não queria transar com ele. Eu não queria transar com ninguém. Minha mãe disse que eu não precisava de remédio, nem de sexo, você é muito nova e colo já tem o meu, Claruxa, e me colocou no colo sem nem tentar esconder a felicidade que tinha ao me ter só para ela.

Quando não havia mais colo, nem mãe, nem filha, eu colocava a pílula-colo no seu suco. O hospital não a aceitava mais. O melhor agora é esperar a hora em casa. Diziam assim, esperar a hora, sem me dizer que hora exatamente. Ela chegava a dormir por quase dezoito horas. Às vezes eu a sacudia com medo e esperança de tê-la matado e quando ela acordava precisava dizer bom dia como se fosse apenas mais um dia e não um dia a menos.

Quando ela morreu pela última vez, eu tinha certeza de que dormia.

Quando ela morreu pela primeira vez eu não sabia como ela renasceria. Eu tentava entender que mãe eu teria dali em diante. Sua memória recente começou a sumir primeiro e ela já não se lembrava das nossas brigas, nas quais eu dizia que ela era a pior mãe do mundo, quando ela não me deixava voltar tarde, quando ela me dava sermão sobre sexo e gravidez, quando ela dizia que eu não a amava porque eu preferia passar o sábado com as amigas, quando ela tinha crises de choro dizendo que eu era uma ingrata, que ela abriu mão de tudo para me ter, que eu era tudo o que ela tinha, se alguma coisa acontecer com você, Claruxa, eu não sei o que vai ser de mim.

No início foi quase bom, ela voltou a cantar as músicas que cantava na minha infância, a me perguntar como foi o meu dia na escola e se eu queria um chocolate quente. Voltou a falar como falava a mãe que me levava ao parque e se sentava na terra comigo, se sujando tanto quanto eu, a mãe que adorava andar de bicicleta, comer cachorro-quente no almoço, tocar a campainha das casas e sair correndo. A mãe que também era pequena quando eu era pequena.

Ela foi me matando aos poucos. Primeiro foi meu rosto, só me reconhecia pela voz, ficava desorientada, mesmo estando à minha frente. Quem é você? Cadê minha filha? Eu me escondia, estou aqui na cozinha, mãe, estou te ouvindo. Vivia fugindo dela pela casa para conseguir manter uma conversa.

Até que ela não me enxergava, mesmo sem me ver.

Até que ela não se lembrava de mim.

Até que eu não me lembrava mais dela.

Até que nós duas desaparecemos.

Tomo três pílulas-colo e aos poucos tudo em volta desaparece.

Elisa chegou apavorada porque eu não atendia o celular há dois dias. Minha ressaca não me deixa entender se estou no meu apartamento ou no segundo círculo do inferno sendo levada pelo vento da janela aberta. Chegou furiosa carregando um tal de rodo mágico e começou a limpar o chão enquanto me xingava, você está virando uma capivara. Você quer dizer uma porca. Não, uma capivara, porcas são fofas, você é uma capivara, pelo amor de Deus, Clara, arruma esse cabelo, tira esse pijama, toma um banho, sai de casa, o mundo lá fora é gigante, tanta gente, tanto homem, e aquele cara que você conheceu aquela vez no café do cinema e me disse que se fosse solteira topava, agora você é solteira, uma mulher linda, sem filhos, cheia de vida, essa bunda aí intacta, se eu tivesse essa bunda, termina logo esse doutorado e vai viver a sua vida. Tem um pedaço de pizza atrás do sofá, Clara, meu amor, qual foi a última vez que você comeu alguma coisa crua, uma fruta, uma cenoura, uma folha de alface. O que é que eu vou fazer com você, Clara? A Chinesinha morreu. Que chinesinha, Clara, quem é que morreu, pelo amor de Deus! Não se fala de morte com a Elisa sem que ela faça sinal da cruz. Respondi apenas que era minha Chinesinha, ela continuou limpando o chão e só me ouviu quando entendeu que eu queria sair de casa.

Mostro o prédio e digo que vamos à casa da Chinesinha. Pela primeira vez desde que a conheço, não faz perguntas. Sabe que sou capaz de recuar. Insiste apenas que eu tire o pijama e coloque um vestido que nunca usei. Coloco.

Elisa nos guia até o prédio como se já tivesse feito o caminho milhares de vezes. Quatro quarteirões depois, descubro o quanto é fácil chegar. Digo ao porteiro que conheço uma mulher chinesa que mora no oitavo andar com vista para a piscina, é que eu esqueci o nome dela, ela é alta e tem o olho puxado, combinamos de nos encontrar aqui na portaria. Por acaso as senhoras querem visitar o apartamento para alugar, é isso? Isso, o da mulher chinesa.

Aí eu não sei, quem cuida do aluguel é a imobiliária, se quiserem visitar, eles deixaram a chave.

Aceito. Agora sim, Elisa me pergunta de onde vem essa história de chinesa morta. Ela sumiu de uma hora para a outra. Se for assim você também morreu, Clara. Eu morri, em outro mundo paralelo eu estou morta e você também. Elisa faz o sinal da cruz duas vezes.

A entrada do prédio fica no mesmo andar da piscina. Posso ver a janela aberta do meu apartamento. Procuro a menina que brinca sozinha e não a encontro. Tento achar o apartamento térreo na esperança de ver o coelho ou qualquer referência que me leve de volta à minha vista. Elisa me apressa. Subimos de elevador e ao sair, enquanto ela atende o celular, tenho uma vertigem ao ver tantas portas.

Seis apartamentos por andar, seis portas e uma delas é a sua, Chinesinha.

Penso em você abrindo a porta.

Eu sabia que você viria. Você não diz mas age como se dissesse. Abre a porta e volta para o seu lugar de sempre. Me sento ao seu lado e à minha frente tem uma caneca azul igual a sua. Bebo. O chá está quente. Pergunto se à noite você também bebe chá. Você diz que sim. Diz tudo sem dizer nada. Podia jurar que à noite você bebia algo alcoólico, uísque, você gosta de uísque? Conto que não bebo uísque desde a adolescência quando tomei quase meia garrafa de uma marca vagabunda sozinha e ajoelhei no meio de uma festa para rezar o Pai-Nosso. Eu não sei rezar o Pai-Nosso. Você dá um sorriso sem som e seus olhos ficam ainda menores. Eu não bebo. É a primeira vez que escuto sua voz. Você fala lento e pouco. Fico envergonhada com o tanto que falo. Peço desculpas e você diz que não há culpados. Não há culpados, repito.

Você se levanta sem dizer mais nada, não diz nada além do que é preciso, escolhe as palavras com cuidado como se elas fossem finitas. Vai até a cozinha e volta com um prato branco com seis biscoitos. Entendo que vamos dividir. São biscoitos de nata, como os que eu comia na casa da minha tia-avó em Minas Gerais. O que mais você sabe sobre mim? Você dá um segundo sorriso ainda mais macio e mudo.

Comemos os biscoitos e bebemos o chá. Olho pela janela.

Me afundo na cadeira e sinto tudo com uma precisão absoluta. É como se todos os mundos paralelos se concentrassem em um e eu fosse a única possibilidade de mim. Como se minha história deixasse de ser um amontoado de notas desconexas e se organizasse na minha cabeça na forma de um passado cronológico e compreensível que caminha lento. Eu também caminho.

Você faz um movimento leve com a cabeça, como as pessoas que têm algo a dizer.

Não diz.

Olho pela janela mais uma vez e percebo que não estou do lado de dentro e sim do lado de fora.

Elisa pergunta o que estou fazendo plantada e só depois se lembra que está com a chave. Abre a porta como se fosse uma porta qualquer.

A primeira coisa que vejo é a sua mesinha de jantar redonda, duas cadeiras e o lustre verde-limão. A confirmação de que eu precisava. É quase como imaginei. Os outros pontos de luz não têm lustre, há apenas este, o que eu via, o lustre que iluminava a sua mesa, sua escrita, seus biscoitos.

A cozinha é aberta e pequena, uma geladeira e um fogão. O apartamento tem poucos móveis. No quarto, um armário e uma cama de madeira grande, sem colchão, com dois travesseiros jogados no tablado. Elisa acha simpático, é bom pra uma pessoa só, solteira, pra mim não serve que logo mais eu me ajeito. Aliás, menina, você precisa conhecer o Marcelo.

Aprendi a manter uma não conversa com Elisa, basta movimentar a cabeça duas ou três vezes a cada um ou dois minutos. Enquanto ela discorre sobre o possível futuro marido, vou até a sala e abro a janela. Me sento e olho para o meu apartamento. A janela da minha sala está aberta. É grande e ocupa toda a parede, como um aquário, não fosse o vidro sujo da parte de baixo seria possível ver tudo o que acontece. Você via, Chinesinha? As tantas vezes que ficamos no parapeito vendo o pôr do sol pela única fresta possível. Quando chegamos bêbados do aniversário do chefe do Bernardo e ele disse que a gente não devia ficar bêbado em festas da empresa, mas ficamos e chegamos em casa nos agarrando. A gente se dava bem, o sexo sem o peso da procriação, motivado apenas pela vontade de gozar, nada mais, o sexo sem futuro que não gera vida, o sexo sendo a vida em si. A gente se agarrou na janela e inclinei minha cabeça para fora sentindo a adrenalina de estar pendurada, prensada contra o vidro, correndo o perigo de cair porque éramos apenas eu e ele, só nós dois os responsáveis por nós mesmos. Até que relaxei e ele me segurou pela cintura. Fomos para o chão. Tive que convencer o Bernardo de que ele não precisava sair para pegar uma toalha ou uma canga, que a gente podia ficar ali mesmo, no chão empoeirado e cheio de ácaros, e daí que está sujo, Bê. Foi sempre assim, ele com essa mania de limpeza, eu até gostava, porque se fizéssemos a média, ele tão limpo, eu um pouco suja, se juntássemos e dividíssemos por dois éramos a faxina perfeita.

Elisa vai ao banheiro e reclama que não tem papel higiênico. Também não tem espelho. Clara, tá bom, chega dessa brincadeira.

Nos armários da cozinha encontro um pacote de papel higiênico e outro de biscoitos, ambos abertos. Os seus biscoitos. Rosquinhas de coco. Estão murchos. No armário da área de serviço, uma água sanitária quase cheia. Elisa insiste em me chamar para ir embora ao mesmo tempo em que continua me contando do seu possível futuro marido. Ando pela casa e esbarro em um aparador no pequeno corredor entre o quarto e o banheiro. Desses móveis finos que ficam encostados na parede e nos quais cabem apenas um vaso simples e algum enfeite. Abro a gaveta e não encontro nada.

Elisa me arrasta para fora.

Na portaria, peço o contato da proprietária. O porteiro me entrega um cartão de visita da imobiliária. Qual o nome da dona do apartamento? Não sei não, senhora, sou novo aqui, conheço pouca gente, mas a imobiliária fica pertinho, eles te explicam tudo, é bom o prédio, tem piscina, academia, a senhora tem carro? Elisa me apressa. Diz que precisa ir ao salão antes de voltar para o trabalho porque vai num bar com o Marcelo, você podia ir comigo. Não posso, preciso arrumar a mala, vou pra Bahia, comprei passagem, não te falei? Ela me abraça e pula agarrada ao meu pescoço. Quer ir comigo. Elisa, eu vou sozinha. Ah, tá bom, eu entendo, vai ser ótimo, tenho certeza que vai ser ótimo.

Em casa ligo para a imobiliária e uma tal de Joice me explica que o contrato é feito em nome do senhor Almir, a senhora tem interesse? Tenho sim.

Quero vender a minha parte do apartamento. É o que eu digo assim que o Bernardo atende o telefone sem saber como reagir a uma ligação minha. Quero vender, quer comprar? Transações. Todas as relações não passam de transações. O casamento foi criado como uma solução econômica, não amorosa. Não digo. Nem ele. Mas penso. Talvez ele também. Ele pergunta milhares de vezes se tenho certeza, se é isso mesmo que eu quero, você disse que não queria sair, você tem certeza? As pessoas mudam de ideia, você mudou de ideia mesmo não tendo certeza de nada e está aí, com uma família, aliás seu filho nasce quando? Filha. Ah, filha.

Pergunta de novo, e de novo, por que querer tanto assim que eu tenha certeza, não, não tenho certeza, aí me lembro que sim, tenho, pelo menos achava que tinha, não certeza, eu tinha certezas, por que as pessoas questionam tanto nossas certezas, você se agarra à certeza para alguém vir e te tombar com uma só pergunta. Você tem certeza? Não, Bernardo, eu não tenho certeza, certezas não existem, se iludir é uma forma de sobreviver, o ser humano é o único animal capaz de inventar histórias para justificar o mundo, para ignorar o pavor de não ter todas as respostas, então me deixe ao menos acreditar que existe algo do qual estou certa, mesmo que depois tudo se afunde no poderia ser, em possibilidades infinitas de universos infinitos, me deixe ao menos achar que posso controlar alguma coisa.

Sim, tenho certeza.

E você vai morar onde?

Na Bahia.

Que ótimo, você sempre quis.

Quem disse?

Eu nunca disse que queria morar na Bahia, eu disse imagina se a gente morasse na Bahia, do mesmo jeito que todos os casais que não são da Bahia falam quando vão juntos para a Bahia, do mesmo jeito que vai acontecer quando você e sua nova mulher forem juntos para a Bahia.

Depois perguntou do doutorado, do tema, de outros temas que denunciavam a nossa intimidade, porque eu ainda sou a pessoa que mais te conhece, Bernardo, nos detalhes, nas vergonhas, nos reflexos, a pessoa com quem você não precisa de introduções e preâmbulos, ainda sou a pessoa com quem você mais conversou na última década da sua vida, tudo isso para chegarmos nesse limbo entre a intimidade e o dia em que nos trataremos como vizinhos que conversam sobre a baixa umidade do ar.

Clara, posso te perguntar uma coisa?

O quê?

Você ainda não quer ter filhos?

Eu queria querer, Bernardo, ser a melhor mãe do mundo, queria querer ver meu corpo criar uma pessoa, passar nove meses gerando um ser vivo, querer ensinar uma criança a falar, a ler, a saber o que fazer quando alguém a fizer chorar, quando alguém partir seu coração miúdo, eu queria saber responder todas as perguntas que ela me fizesse, perguntas que eu mesma nunca me fiz, mas deveria, eu queria fazer bolinhos de chuva em dias de chuva e picolés em dias de sol, eu devia querer ter a mesa cheia de filhos e netos no aniversário, na Páscoa, no Natal, com todo mundo falando que pode ser que seja o último Natal da vovó Clara, tão velhinha, vai dar um beijo na bisa. Eu queria, Bernardo, e por querer querer, talvez eu acabasse querendo, mas eu não tenho como saber, já que até hoje, eu nunca quis.

Sim. Não quero. E você, desde quando você quer ser pai?

Desde o dia em que eu soube que seria.

Ele disse que se é isso, se eu tenho mesmo certeza, pode deixar que organizo tudo direitinho, a gente faz um contrato nosso, sem precisar de banco, e eu acerto tudo com você o quanto antes.

O quanto antes.

Desde que o Bernardo foi embora, a roda da minha vida travou, emperrando os universos paralelos e já não sei se me movo para frente ou para trás.

Foi preciso apenas quatro semanas fora de casa, talvez menos, talvez antes, para o Bernardo conhecer uma mulher e colocar um espermatozoide dentro dela, um não, vários, para um deles ir lá e dizer, eu vou conseguir, e atravessar o colo uterino até chegar no útero, depois dos dois gozarem juntos em uma sintonia ridícula que irão para sempre chamar de amor. Bastou pouco tempo para que o espermatozoide dele se fixasse no útero da sua nova mulher para gerar uma criança nascida com pai e mãe e avós dos dois lados, com uma família grande para brincar nos feriados, com muitos presentes de aniversário, e viagens para a casa de praia que sua filha vai herdar dos avós, enquanto os filhos da sua irmã preferem a casa na montanha, as casas, tantas casas, tanta gente, como se o mundo precisasse mesmo de mais alguém.

Perguntei para Joice, da imobiliária, se a última moradora era chinesa. O apartamento não estava sob nossa administração, senhora. Perguntei se posso conhecer o proprietário. Ela disse que não era preciso, que eles fazem toda a transação.

O Bernardo me ligou para avisar que já estava com a papelada da venda encaminhada, se podíamos nos encontrar para decidir sobre a data de vencimento das parcelas e outros pontos finais. Pensei nos pontos finais que achei que chegariam bem mais tarde, talvez nunca e disse que preferia decidir os pontos finais à distância.

Perguntei quando sua filha nasce. Deve nascer em outubro, é incrível como passa rápido. Desliguei.

Sair deste apartamento é acabar com o que restou. Vender este apartamento é vender a nossa estrutura, nossas paredes, nossas escolhas, você querendo colocar a mesa perto da janela, eu querendo colocar a poltrona perto da janela, nós dois dando um jeito de colocar a poltrona e a mesa perto da janela, nós dois existindo na janela e arrastando a poltrona para ver o único pedaço de céu possível entre tantos prédios, com nossos pés apoiados no parapeito baixo sem proteção.

Assinei todos os documentos de venda que o Bernardo enviou.

O Bernardo me desejou felicidades na Bahia.

A Elisa tentou de todo jeito ir comigo para a Bahia.

Eu quase quis ir para a Bahia.

Você iria, Chinesinha, para a Bahia?

Perguntei o que ele fará com o apartamento.

Não sei, acho que vamos alugar, ele disse.

Vamos, ele disse.

Para o apartamento da Chinesinha trouxe apenas o colchão, poucas roupas, quase nada do banheiro, meus pijamas, dois lençóis, um estojo e um caderno. Os poucos móveis que restaram, os eletrodomésticos, o computador e todos os meus livros, enviei para um guarda-móveis onde colocaram tudo em um contêiner de três metros cúbicos. Uma vida toda reunida em um contêiner laranja.

O porteiro me dá boas-vindas e pergunta se sou só eu. Respondo que sim. Entro no apartamento e caminho pelos cômodos em busca de alguma pista distraída. No armário da cozinha, os biscoitos que ninguém jogou fora porque avisei que eu mesma faria a faxina, que deveriam deixar tudo como estava, o sofá, a mesa, a cama, o lixo. No armário mais abaixo encontro uma caneca preta que não tinha visto antes.

Essa caneca agora é sua, ela diria.

Encho a caneca com água da torneira e me sento à mesa de jantar que não serve para jantares em família, a mesa onde você se sentava sozinha para escrever.

Olho para o meu antigo apartamento. As cortinas estão fechadas.

Eu não fechei as cortinas.

É o fim do espetáculo.

Inventei um problema de encanamento e disse que queria falar com o proprietário. A imobiliária enviou um técnico que me assegurou que não havia nenhum problema com o encanamento. Joice me mandou uma mensagem para saber se o serviço foi feito, respondo que sim, obrigada, gostaria de agradecer eu mesma a gentileza do proprietário. Ela me diz que vai passar o recado.

Perguntei para todos os porteiros sobre a antiga moradora do meu apartamento. O da manhã respondeu que o apartamento está vazio há um tempo. Já o Alexandre, do turno da noite, disse que não pode me dar essa informação.

Olhando da sua janela para a minha, começo a acreditar que te inventei, Chinesinha. Ou que migrei para outro mundo paralelo onde você nunca existiu, onde eu sou a esposa do senhor Almir esperando que ele volte para casa e o apartamento que vejo do outro lado é o apartamento de um homem que eu não sei que se chama Bernardo, nem que é um homem porque não vejo ninguém, já que as cortinas continuam fechadas.

Estou aqui há três dias, e nem você nem o Bernardo apareceram, me deixando sozinha neste mundo onde existimos apenas eu, os porteiros, o senhor Almir e a Joice da imobiliária. Sou eu o gato de Schrödinger, viva e morta, dividida em duas realidades ou dois universos, e nenhuma das duas Claras sabe o que fazer com tanta indeterminação.

Resolvi fazer como você fazia.

Eu vou contar a sua história, Chinesinha.

Eu vou contar a sua história e não existe outra forma de fazer isso que não seja escrevendo. Daqui. Do mesmo lugar de onde você também escrevia.

Por que você vai contar a minha história, Clara?

Talvez você me perguntasse, acho que perguntaria. Eu não sei. Agora sou eu quem não sabe. Tenho uma história para contar, a sua, e isso me basta.

Pode ser que eu escreva a sua história porque o parapeito da sua janela é alto o suficiente para me proteger da queda.

Pode ser que eu escreva a sua história porque eu já caí e agora posso ver tudo por outro ângulo.

Eu vou contar a sua história com vista para a minha história. A que foi e a que poderia ter sido. Se você resolver aparecer agora, Chinesinha, talvez para buscar a sua caneca, se você aparecer e o porteiro me disser que a antiga moradora está na portaria perguntando se eu encontrei uma caneca preta, eu vou dizer que não encontrei nenhuma caneca. Que posso procurar de novo, mas hoje não. Hoje estou ocupada escrevendo.

Se você aparecer hoje, exigindo de volta tudo o que foi seu, a caneca, a mesa, a vista, a sua história, eu não teria mais onde cair.

Se vou contar a sua história, você vai precisar de um nome de verdade. Talvez Mei-Fen que significa cheiro de ameixa. Ou Xiu-Mei que significa linda ameixa. Gosto de ameixas. O Bernardo dizia que eu deveria gostar de frutas brasileiras, mas gosto de ameixas importadas e azedas. Existem mais de dois mil tipos de ameixas e sua origem provável é a China. Os chineses tomam uma bebida tradicional que se chama suan-meitang, feita com ameixas secas ou defumadas, cristais de açúcar e osmanthus, que é uma flor. A ameixa fresca é indicada contra hemorroidas, além de fazer bem para a visão, o sistema imunológico e o fortalecimento ósseo.

Não, você não vai se chamar Ameixa, apesar de que, na sua história, você vai gostar de ameixas. Assim posso dizer que somos parecidas.

Você vai se chamar Rong, que significa florescimento. Quanto a seu segundo nome, descobri que quase oitenta e cinco por cento dos chineses dividem apenas cem sobrenomes. São cerca de noventa e três milhões de Wangs, noventa e dois milhões de Lis e oitenta e oito milhões de Zhangs. Chen, Zhou e Lin somam outros vinte milhões. Há também nomes de famílias que são usados por pouquíssimas pessoas, como Guo e Mu.

Você vai se chamar Rong Chen e será de Macau. Além de gostar de ameixas, teremos em comum o português que você aprendeu, ainda que mal, com sua mãe, nascida de portuguesa com chinês. Meu bisavô também veio de Portugal para o Brasil, em busca de trabalho. Ao menos é o que minha mãe dizia, vivia inventando histórias de família.

Talvez eu devesse ir para Macau e não para a Bahia. Conhecer a China. Em Macau as placas também são escritas em português e eu pelo menos saberia para onde ir, ainda que nunca saiba para onde ir e placas só me confundam. Lá eu ia conhecer Wangs, Zhangs, Zhous, Lins e talvez alguns Pereiras, Souzas e Pires. Conhecer os verdadeiros Chens para só depois escrever a sua história.

Eu não tenho dinheiro para ir até a China. Terei que me contentar com a China que está em todo lugar. Provavelmente no parafuso desta cadeira onde estou sentada, no meu celular, na minha blusa, no lustre verde-limão.

Eu não vou para a China, é você, Rong, que vem para o Brasil. Muita coisa aconteceu desde a sua chegada e era a sua história que você escrevia todos os dias.

Você, Rong Chen, é uma chinesa de Macau que veio para o Brasil com um brasileiro chamado Carlos. E eu sinto muito que você tenha que vir para cá com um homem que vai te largar assim que descobrir que você não pode ter filhos. Eu sei que não era esse o plano, mas todo plano existe para deixar de ser plano quanto mais próximo estiver de se concretizar.

Isso é tudo o que eu não sei.

RONG

Rong chegou em São Paulo com trinta e dois anos, poucas roupas, alguns objetos e um vestido de noiva tão simples que poderia ser usado em um almoço de quarta-feira. Era a primeira vez que fazia uma viagem tão longa. Quase trinta e oito horas sem sair do mesmo dia, como se voltasse no tempo. Só que ela voltava para um tempo no qual nunca viveu.

Veio com Carlos, dono de uma rede internacional de hotéis de que era recepcionista. Em São Paulo você não precisa trabalhar, lá você vai ser minha mulher. Rong achou bom, não que não goste de trabalhar, não liga, gosta de ter algo para fazer todos os dias, mas por não precisar mais usar batom, o vestido justo, bem justo, nem aquele sorriso firme das sete da manhã às dez da noite.

Chegaram no início da manhã. Carlos falava demais. Muito mais do que o muito ao qual ela estava quase habituada. Foram direto para a casa da sogra que serviu pão francês com mortadela, bolo de cenoura com cobertura de chocolate, rosquinhas de coco com leite condensado, minicoxinhas que Carlos adorava e um café preto cheio de açúcar, que de amargo já tem a vida, a sogra disse. Mas Rong não entendeu muito bem. A sogra não fala inglês, e Rong só fala o português de Portugal misturado com o patoá macaense, um dialeto em extinção que aprendeu com sua mãe. Rong agradeceu, não tinha fome, mas a sogra também não entendia nada do que ela dizia, e como resposta ouviu apenas um come mais que você está muito magra. Alto, bem alto, como se o tom de voz fosse a tradução simultânea.

Rong comeu tudo o que a sogra colocou no seu prato e pouco tempo depois, vomitou, no lavabo, tentando fazer silêncio e com medo de se deixar cair. Ainda assim, gostou, não de passar mal, mas das rosquinhas de coco que derretiam na boca depois de fazer um barulho crocante e do pão francês com a mortadela que tinha gosto de gordura cor-de-rosa. Gostou tanto que no futuro, quando já estiver habituada à cidade de São Paulo, irá à padaria todos os dias comer um pão na chapa com queijo e mortadela, daquelas com bolinhas de pimenta.

O casamento aconteceu poucos dias depois. Tudo foi feito no cartório, sem festa. Convidaram apenas a mãe, a tia viúva de Carlos, dois primos, cinco amigos do trabalho com as respectivas esposas e três crianças. A comemoração foi em uma churrascaria chique que servia carnes, saladas e comida japonesa. Rong teve que explicar várias vezes aos colegas do Carlos que era da China e não do Japão.

Carlos fez questão de que morassem no mesmo prédio da mãe, assim vai ser mais fácil quando nossos filhos nascerem, vamos ter ao menos três, dois meninos e uma menina, se bem que menina gasta dinheiro demais.

A sogra continuou reclamando que ela não sabia falar e que era tão magra que nunca ia conseguir parir uma criança. Aparecia a qualquer hora do dia, sem avisar, levando comida e aproveitando para ensinar Rong a cuidar da casa. Para tirar o pó faz assim ó, dizia enquanto limpava o móvel fazendo movimentos circulares com o pano. Vai, faz igual, assim ó, tá me entendendo?

Rong nunca imaginou que fosse morar no Brasil. Não costuma pensar no futuro. Acredita no destino por puro instinto de sobrevivência. Para ela, o passado dita o futuro e não há muito o que possamos fazer.

Carlos era alto, tinha um cabelo preto bem liso e uma franja que sempre penteava para o lado esquerdo. Não era bonito nem feio. Mas desde a primeira vez em que o viu, Rong gostou do seu queixo furado. O furo no queixo fazia do Carlos um homem raro. Acontece, Rong, que esse furo é um erro. Assim que eu soube que o Carlos tem o queixo furado, pesquisei e descobri que o furo é uma pequena falha na formação da pele, que faz com que ela não descole do osso. O que você mais gosta no Carlos é uma falha. O ponto onde ele falha. Você, Rong, foi capaz de amar essa falha e foi por causa dela que aceitou vir para o Brasil.

Carlos também tinha corpo, corpo mesmo, desses de quem frequenta a academia. Era grande e corpulento, palavra que Rong aprendeu e gostou. Gosto de homens corpulentos, dirá depois, bem depois, quando tiver aprendido melhor o português brasileiro. O problema é que Carlos comia tudo o que a mãe trazia, e com tanto bolinho de chuva, rosca recheada, pão francês, bolos e coxinhas, com tanta farinha branca e gorduras saturadas e frituras e muito açúcar no café, no suco, refrigerante, cerveja, e sem mais se preocupar em ir à academia, de homem corpulento, ficou gordo em poucos meses. Tão gordo que suas coxas assavam e raspavam uma na outra em uma fricção que lentamente arrancava pedaços.

Toda noite, Rong tinha que passar hidratante nas coxas gordas do marido com os mesmos movimentos circulares que fazia ao passar o lustra-móveis.

Assim ó.

Aprendeu a limpar a casa como a sogra ensinou. Mas sempre que ficava sozinha, ligava o aspirador robô que trouxe de Macau. Gostava de vê-lo manobrando e batendo nos cantos e quinas enquanto tomava uma taça de vinho do Porto. Igual sua mãe fazia quando seu pai saía para trabalhar. Às vezes, dava para ela, ainda pequena, uma tacinha de vinho com um pouco de água, e contava, misturando o mandarim com o patoá macaense, dos tempos em que trabalhava na roleta de um famoso cassino de Macau, jogando os dados viciados que caíam exatamente no número escolhido.

Quando criança, Rong achava que casar era isso, esperar o marido sair de casa para beber vinho do Porto e brincar de jogar os dados viciados no chão. Mas ela também precisava vigiar os cantos nos quais o robô não pode ir, porque quando a sogra vinha, e sempre vinha, fiscalizava cada possibilidade minúscula de sujeira.

Assim que o robô terminava o serviço, Rong molhava um guardanapo e ia de canto em canto sugando a poeira acumulada das frestas. As casas têm muitos cantos e muitas quinas, pensava, talvez ainda pense.

A vida tem muitas quinas, Rong. E muitos cantos imundos que não dá para ver. Mas isso você vai saber depois, quando a sujeira acumular. É que quanto mais limpo, maior a possibilidade da sujeira aparecer.

Eu nunca pensei que casamento fosse beber vinho do Porto depois que o marido vai trabalhar, achei que era beber com o marido depois dele voltar do trabalho, o vinho aberto na geladeira, as taças de titânio que só sei que existem por causa dos presentes de casamento. Achei que era tomar café da manhã aos domingos na padaria que tem cara de francesa, mas na verdade o dono é cearense, ou acordar tarde e ir almoçar direto. Achei que era não ter filhos e receber os amigos que têm filhos e ficar aliviada de não tê-los, depois de ouvir que não podem viajar com a gente porque a cachoeira é perigosa para as crianças. Achei que era marcar viagens e brigar pelo destino, e que destino fosse acordar todos os dias da sua vida olhando a mesma cara amassada que rouba seu travesseiro e invade seu espaço na cama, que sopra no seu rosto perguntando se está com bafo e logo depois te dá um beijo que te faz se sentir em casa.

Casar para mim era isso: um bafo calmo com cheiro de casa.

Carlos ficou cada vez mais gordo, tão gordo que durante o sexo Rong quase se afogava com o peso do seu corpo. Ele gostava de ficar por cima, chamando ela de mamãe safada para depois do gozo cair ofegante ao seu lado reclamando da sua fragilidade. Minha mãe tem razão, você é magra demais, como é que vai caber um bebê aí dentro?

Depois de um ano com Carlos, Rong vai descobrir que não pode ter filhos.

Alexandre coloca todas as minhas compras no elevador de serviço. De início reclamou. Depois passei a incluir uma pizza brotinho e uma Coca-Cola que ele pega sem dizer nada. Fiz um estoque de rosquinhas de coco, vinhos e deixei as pizzas pagas por dois meses, combinei as datas de entrega e desliguei meu celular. Para a Elisa, disse que passaria um tempo, muito tempo, em um curso intensivo de meditação.

As cortinas continuam fechadas, só restou o parapeito.

Já este apartamento tem poucos móveis, todos velhos, parecem vindos de algum lugar que também não existe mais. A não ser o lustre verde-limão, o único objeto pensado para existir aqui, em cima desta mesa, onde escrevo. Alguém pensou no melhor formato, no tamanho, na cor, na qualidade da luz. Você, Chinesinha. Foi você quem escolheu o lustre verde-limão.

Se você gosta de verde-limão, talvez a Rong também deva gostar.

Eu nunca parei para pensar se eu gosto ou não de verde-limão.

Talvez eu goste. É uma cor acesa. E azeda.

Acho que eu gosto de verde-limão.

Este apartamento é pequeno, e por ser pequeno não exige que eu o ocupe, que o encha de objetos decorativos, itens de viagens, quadros, miniaturas sentimentais. Posso ser eu o móvel principal. Não preciso me olhar no espelho para imitar a mim mesma enquanto escrevo a sua história que não é sua, tomando vinho na sua caneca que não é azul, é preta, comendo rosquinhas de coco que esfarelam em toda a mesa, e eu me pergunto como não restou nenhum farelo seu, nada que me diga qualquer coisa sobre você que não tenha sido eu que inventei.

Não sei há quantos dias estou aqui. Não ver mais a Chinesinha invalidou meu calendário. Meus dias consistem em ficar sentada na mesa de jantar escrevendo com vista para a minha antiga janela, em uma expectativa estranha de que a cortina se abra e por alguma magia-cósmica-física-quântica-religiosa eu nos veja no mundo paralelo onde ainda estamos juntos, com planos de continuarmos juntos, onde Rong não se chama Rong, é apenas uma mulher asiática que nunca vi porque não precisava prestar atenção nos vizinhos. Mas nada acontece. Assim como nada acontecia quando eu estava do outro lado vendo a Chinesinha, nada acontece agora que me mudei e a Chinesinha desapareceu e virou Rong e o Bernardo desapareceu e virou pai. Nada acontece agora que ele foi viver a vida que não sabia que tanto queria, contando as semanas para sua filha nascer.

Uma das teorias dos multiversos diz que eu posso existir em um universo onde o tempo não flui ou em algum lugar onde o tempo não existe. Não conto o tempo e não vejo meu reflexo. Talvez eu acabe esquecendo da minha imagem. Talvez me torne um fantasma de mim mesma e me acabe num susto.

É madrugada. Este apartamento é silencioso e o silêncio me traz uma sensação de sufoco. Resolvo revirar os armários da cozinha em busca de mais vestígios, para ver se tenho alguma pista da Chinesinha, mas não encontro nada além de cupins.

Tanta coisa que existe e que a gente não vê. Ninguém é sozinho o suficiente, por mais orfão, por mais divorciado, por mais que não se lembre. Sempre haverá ácaros, cupins ou qualquer um dos tantos animais invisíveis à nossa volta, ao nosso lado, dentro de nós. Animais invisíveis que já estavam aqui antes de ocuparmos tudo com nossa presença visível demais, cada dia mais seres humanos nascendo e habitando cada canto, sem nem ao menos parar para refletir em como já não há espaço para tanta gente existir.

Caminho pela casa como se procurasse a tarrachinha de um brinco, sei que não vou encontrar, mas ainda assim, mantenho o olhar atento para o caso de achar aquilo que procuro desde a primeira vez em que a vi.

Mas a Chinesinha é como um animal invisível, não deixa rastros.

Dela, apenas os biscoitos murchos e a caneca preta.

Carlos vai largar Rong depois do médico dizer que ela não pode engravidar. Na verdade, Carlos e sua mãe vão largar Rong. Ambos vão pedir o divórcio, depois de um ano juntos, quando a sogra não podia mais reclamar da sujeira e passou a dizer que ela exagerava demais nos produtos de limpeza, deixando a casa com um cheiro insuportável de desinfetante.

Antes, as coisas iam até bem. Rong gostava das aulas de português que fazia com três chineses intercambistas, e da padaria onde ia todas as manhãs comer pão com mortadela e tomar café com leite, enquanto observava as pessoas sempre apressadas e se lembrava do seu trabalho apressado em Macau. Preferia sua nova vida, onde tudo se arrastava. Se imaginava como uma lesma atravessando um longo jardim, sem pressa, mastigando devagar sua gordura de porco cor-de-rosa.

Quando Carlos chegava do trabalho, Rong descongelava a comida que a sogra deixava em vasilhas e mais vasilhas, e Carlos exigia que ela comesse o mesmo tanto que ele, quem sabe você engorda um pouco, não dá nem pra ver que tem peito aí, dizia alto, e todo prédio ouvia como ela se parece com um palito de dente.

Até ele saber que Rong nunca ia engordar, e que o mais perto de um filho que teriam seria o cachorro que Carlos insistia em chamar de James, e ela, escondido, chamava de Dui.

Dui é o hexagrama cinquenta e oito do *I Ching* que significa falar com alegria, dar e receber alegria ou, simplesmente, alegre. James ou Dui era alegre, mas chorava quando Rong saía de casa. Durante muito tempo, esse choro era a sua maior ternura. Às vezes, ela saía para dar uma volta só para ouvir o cachorro lamentar sua partida. Quando voltava, a euforia de Dui era tão exaltada que ela chegava a se encabular.

Ela herdou o *I Ching* do avô paterno, filho de chineses do interior do país, que foi para Macau trabalhar nos cassinos em que ganhava e perdia dinheiro, vício que passou para o filho, o pai de Rong. Ainda guarda o livro em um tecido de seda cor de rosa em algum móvel mais alto do que sua cabeça, em um ato de respeito. E todos os dias antes de dormir, lê alguns dos sessenta e quatro hexagramas, na ordem, recomeçando assim que termina, em um círculo vicioso. Como os dados da mãe e a compulsão pelo jogo do pai.

Carlos perguntou que livro é esse que você lê toda noite e ela tentou explicar que o *I Ching* é a base de toda sabedoria chinesa, um dos livros mais antigos da China.

E esse livro nunca acaba?

Não. É pra ler e reler e aprender cada vez mais.

Aprender o quê?

Ela explicou que o *I Ching* não dá respostas objetivas, que uma pergunta pode ter várias respostas e uma mesma resposta pode ter várias interpretações. Mas quando você aprende a fazer as perguntas certas, ele te orienta na hora de tomar decisões importantes. Foi assim com os grandes imperadores e filósofos chineses.

Carlos disse que se fosse assim, ia dar de presente para uns políticos que precisam ficar mais espertos, bando de filho da puta, só sabem atrapalhar meu trabalho, deixa eu fazer uma pergunta. E quando ele perguntou como é que funciona, ela mostrou que, para chegar na resposta, usa as cinquenta varetas de caules de bambu que herdou do avô para formar as seis linhas do hexagrama, tirando aos poucos as varetas, ora com a mão esquerda ora com a mão direita. Carlos viu as varetas e riu de escândalo falando com o cachorro, James, eu me casei com a bruxa do hashi, com a bruxa do hashi!

Rong prefere comer com garfo e faca.

Ela não chamava Dui de Dui na frente do Carlos. Tinha receio dele se confundir e não responder quando o chamasse sozinha. Nunca tinha tido um cachorro que outra pessoa também chamasse. Não teve cachorro na infância, seu pai vinha de um lugar onde as velhas tradições comunistas impediam as pessoas de terem animais domésticos, um hábito burguês. Teve seu primeiro cachorro quando já era órfã. Um chow-chow que também se chamava Dui. Não é que Rong não seja criativa o suficiente para dar nomes aos cachorros. É uma questão de lógica. Desde que sua mãe morreu, só os cachorros são capazes de deixá-la mais perto do que ela entende por alegria.

O Dui chinês era a única companhia de Rong antes dela conhecer Carlos.

O Dui brasileiro era a única companhia de Rong depois dela conhecer Carlos.

O Dui chinês, Rong deixou com uma colega do trabalho em Macau.

O Dui brasileiro voltou a ser só James e foi morar na nova casa do Carlos e da sua nova mulher, uma recepcionista de um dos seus hotéis em São Paulo, que engravidou poucos meses depois de se conhecerem.

Depois da separação, Rong não sabia se voltava para Macau ou se ficava no Brasil. Gostava de Macau e do patoá macaense. Adorava quando a mãe dizia *io co vôs* que significa eu e você e quando ela bebia muito vinho do Porto e a pegava nos braços, rodando rápido, bem rápido.

Para ela, isso era voar.

Mas Macau não é mais você e sua mãe, nem você e o Dui, nem você e ninguém. Melhor assim, Rong. É melhor ser ninguém em um lugar onde ninguém te conhece. Onde, de ninguém, você passa a ser quem você quiser. Ainda que você não queira ser ninguém.

Carlos deixou o apartamento e algum dinheiro para ela se ajeitar. Não sou um cara mau, ele disse. Também foi ele quem disse se ajeitar e Rong não entendeu a expressão. Ficou pensando em como deveria fazer para se ajeitar, não no sofá ou na càma antes de dormir, não ajeitar o cabelo, não ajeitar o vestido amassado depois de pegar o ônibus, e sim se ajeitar em um um país que não é o seu, em uma língua que só conhece misturada a um dialeto em extinção.

Na primeira semana sozinha, ela comeu rosquinhas de coco e pão com mortadela no café, almoço e jantar, e bebeu vinho do Porto em canecas porque cabia mais do que na taça, primeiro só de noite, depois de noite e de tarde, quando o levava escondido para as aulas de português. Até que passou a beber de noite e de tarde e a partir das oito da manhã, afinal já é noite em Macau, pensava. Estava curtindo a fossa. Foi o que aprendeu, que no fim de um relacionamento é importante um momento para se curtir a fossa, encher a cara com as amigas, ouvir músicas tristes e comer brigadeiro direto da colher. Rong não tinha amigas e não gostava de brigadeiro porque a sogra levava uma bandeja cheia deles enroladinhos, dizendo que assim ela engordaria.

Demorou para ela consultar o *I Ching*. Tinha que meditar e estava tão ocidental, mais portuguesa do que chinesa, mais brasileira do que portuguesa.

Quando finalmente jogou as varetas que Carlos queria usar como espetinhos de churrasco, recebeu as coordenadas ambíguas e líricas do *I Ching*.

O homem caminha sozinho e é surpreendido pela chuva
Molha-se, e pessoas murmuram contra ele
Nenhuma culpa.

Rong perguntou se deveria voltar para Macau.

Um homem caminha, a chuva chega, o homem fica encharcado e gripa e isso o obriga a ficar de molho em casa. As pessoas o culpam, ele devia ter se protegido, devia ter comprado um guarda-chuva, devia ter procurado um abrigo, sempre existe algo que a gente devia ter feito que só os outros sabem, ele não sabia que ia chover e agora está na cama, cuidando de si mesmo, sozinho, sentindo uma culpa que de acordo com o *I Ching* ele não deveria sentir. É assim que eu interpretaria o *I Ching*.

Rong não. Para Rong foi um chamado. Foi por causa desse hexagrama que ela resolveu que ficaria no Brasil e não voltaria para Macau. Aprenderia o português brasileiro sem nenhuma culpa. A vida de Rong não pode gerar outra vida, ela nunca irá dizer *iô co vôs* enquanto gira a filha no ar.

Decidiu viajar. Se ajeitou rápido. Fez uma mala pequena com poucas roupas, o *I Ching*, dois cadernos, uma foto do Dui, e um par de meias do Carlos, não por sentimentalismo e sim porque eram quentes e confortáveis e vez ou outra seus pés esfriam, mesmo no verão. De resto doou tudo, que na verdade era bem pouco.

O plano era passar um tempo em cada região do país. Começaria pela Costa do Descobrimento, na Bahia. Nada mais coerente do que descobrir um lugar começando por onde ele foi descoberto. Comprou uma passagem de ônibus para Porto Seguro. Não sabia dos buracos nem dos tantos acidentes nas estradas do Brasil. Rong não tinha ninguém para lhe contar sobre as condições das estradas, as melhores paradas de ônibus ou para ensiná-la a não escolher uma poltrona perto do banheiro.

Rong não tinha ninguém.

O Brasil seria redescoberto por uma chinesa órfã e divorciada que toma decisões baseadas no *I Ching*.

Rong seguiu rumo à sua viagem de descobrimento.

Foram vinte e três horas até Porto Seguro, e em uma das paradas ela pagou dez reais para tomar banho. No meio do banho, uma criança invadiu o seu boxe. Estava nua. E como se não tivesse ninguém ali, entrou debaixo do chuveiro e começou a se lavar enquanto Rong olhava do canto do box, imundo, a menina, imunda.

Devia ter uns nove anos, talvez menos. Tinha os pezinhos tão sujos que ela se abaixou e começou a lavá-los. Se fosse cristã, essa seria a hora em que, estrangeira, pediria permissão para descobrir o país daquela menina suja, que assim que se viu limpa pegou a toalha pendurada na porta e se enxugou.

Como chama? (Rong tem dificuldades com os pronomes).

Mariana, e você?

Rong.

Isso não é nome de gente.

A menina deu uma gargalhada. Rong achou que era alegria. Só muito tempo depois, quando já tiver lidado com todos os problemas que irão acontecer na sua vida, entendeu que aquela risada era de um desalento sarcástico, que a menina da parada de ônibus da estrada para a Bahia tinha no deboche o refúgio de quem não tem a escolha de fugir.

Rong podia fugir. E fugia. Talvez por isso não fosse sarcástica.

Mariana era a filha que Rong nunca teria. Ali, nua, usando seu sabonete de erva-doce e o xampu de chá verde, Rong desejou que Mariana tivesse uma boa mãe e que encontrasse na vida alguém melhor do que o Carlos.

Ele nem é de todo mau. Foi o que pensou quando viu Carlos pela primeira vez na recepção e ele perguntou, em inglês, o seu nome. Chamou ela de RonRon, depois Ronguizinha, RôRô, Rô, Ron, até voltar a ser Rong. No mesmo dia em que se conheceram, ele a convidou para um drink no saguão do hotel. Ele não é de todo mau.

Quando chegar em Porto Seguro, Rong vai comprar uma passagem para Santa Cruz de Cabrália. Na rodoviária vai comer um pastel assado de carne moída e tomar água de coco. Sentada na plataforma do ônibus, vai escrever no seu caderno as palavras que aprendeu, e pensar no Carlos e no filho que não teria. Vai pensar também na menina suja, e por pensar vai se sentir suja e menina.

Ela acredita que esse é apenas o início. Ainda não sabe dos desafios que terá agora que é uma mulher sozinha viajando pelo Brasil. Rong já era sozinha antes do Carlos, mas é diferente ser sozinha depois de alguém. A primeira vez em que Rong foi sozinha foi quando sua mãe morreu. Sentiu uma dor afiada que vez ou outra ainda cutuca. Mas ficar sozinha depois do Carlos não é caso de dor. Rong não amava Carlos que não amava Rong e tudo bem se ele encontrou outra mulher que pode ter filhos e tem seios grandes o suficiente para amamentar. Rong se acha mesmo muito magra, um pouco sem graça perto de algumas brasileiras, e seu biquíni é daqueles que ficam murchos e largos na bunda. Talvez ela compre outro biquíni, mas isso eu ainda não sei.

Eu queria que Rong não tivesse nenhum problema, mas aí ninguém acreditaria que ela existe. Ela tem problemas, vários, e seu maior problema é que ela vai ficar viúva.

Quando começar a viajar pelo Brasil, Rong vai descobrir que não tem muito dinheiro, na verdade, que não tem nada ou quase nada. O que não vai fazer sentido. Ela tinha um tanto bom. O Carlos deixou um tanto bom, mesmo tendo descontado o fato dela não ter lhe dado um filho, uma espécie de indenização moral.

Vai descobrir que ficou viúva ligando para o banco e falando com o gerente que não vai entender direito o que ela diz. É que Rong embola os idiomas quando fica nervosa, colocando uma palavra em mandarim no meio do português ou do inglês ou do patoá.

O gerente só entendeu quando ouviu o nome Carlos Henrique da Fonseca Neto.

Acusação: lavagem de dinheiro e sonegação fiscal.

Seus bens foram confiscados pela justiça, senhora Rong, enquanto a polícia investiga os processos ligados ao seu falecido marido você não pode mexer em nada. Como assim, falecido?

Rong não sabia que essa história terminaria com ela viúva em uma praia da Bahia depois do Carlos morrer num acidente de carro poucos dias após a acusação. Também não sabia que ainda era casada. Carlos não anulou o casamento e todos os documentos que ela assinou não eram do divórcio mas sim da compra de alguns imóveis e da abertura de uma conta no banco, para a qual Carlos transferiu quase tudo o que tinha.

De casada, virou divorciada. De divorciada voltou a ser casada para se tornar uma viúva investigada pela Polícia Federal. Mas ao invés de sentir raiva, ficou triste. Carlos morreu. Quando alguém morre, o que sentimos é uma culpa vestida de tristeza que nos faz pensar em tudo o que a gente não fez, não disse ou não perguntou. O falecido ganha a coroa da benevolência. Está morto. Rong ficou triste, mesmo ele sendo um filho da puta que a deixou sem nada. Ela não o chamou de filho da puta, não diria isso, quem disse fui eu, ela ainda está em choque e não quer admitir que

Carlos era sim um filho da puta. Ela está em choque tentando lembrar qual foi a última coisa que disse para ele, seu ex-marido que ainda é seu marido, só que agora um marido morto. É que a gente não sabe quando a pessoa vai morrer e a última frase que você diz para alguém pode ser leva o lixo reciclado, vai chover, ou, pior, pode ser que você diga eu espero que você morra e a pessoa vai lá e morre.

Você devia voltar pra Macau. Foi o que Carlos disse na última vez em que se falaram. Rong não respondeu.

Até que sentiu uma quase saudade, acho que era saudade, já não poderia vê-lo nem se quisesse. Também pensou no Dui e quis voltar para buscá-lo, porque a última coisa que disse para o Dui era que o amava e que iria voltar.

Isso tudo foi rápido. Logo ela parou de sentir tristeza e saudade e passou a sentir outra coisa. A morte de Carlos era o seu começo. Rong começaria do começo, do hexagrama um do *I Ching*, que é representado pelo céu acima do céu. E diante de tanta vastidão, sentiu algo parecido com o receio de pular em uma piscina gelada mesmo num dia de muito sol. Ninguém vai morrer por pular em uma piscina gelada. Ainda assim, quando colocamos os pés na água, as canelas nos enviam um alerta de perigo. Passamos um pouco de água no pulso e na nuca, na esperança de evitar o choque térmico, e só depois entramos até a cintura com as mãos para o alto pedindo socorro ao calor. Enquanto metade do corpo grita mergulha, a outra metade manda sinais de recuo no contato com a água gelada. Mas está quente, o sol está quente, então seguimos, e quando a água chega na altura da barriga temos a sensação de um corte matemático certeiro, bem no meio do umbigo. Sabemos que é melhor pular de uma vez, que o frio não está dentro. Não é a água que é fria, é a mistura dela com o corpo e o vento. Sabemos que é preciso pular, mas adiamos o prazer da imersão.

Rong nunca foi de sentir medo. Medo é para quem compreende. Não me entendam mal, não é uma questão de ingenuidade, é uma escolha. Rong escolheu não compreender.

Não sentiu medo nem mesmo nas vezes em que quase morreu. A primeira foi aos dez anos, quando resolveu imitar a mãe e tomar vários comprimidos de uma só vez, com uma talagada de vinho do Porto. Ao ver a mãe deitada no canto da cama, deduziu que deixava o resto do colchão livre de propósito para que ela se deitasse com a mesma expressão de calma. Tomou quase todo o pote de comprimidos e acordou no hospital, a mãe chorando e gritando que ela era uma idiota, que ela podia ter morrido. Rong não entendia, achava que morrer era o caminho mais fácil para dormirem juntas para sempre.

Também podia ter morrido no assalto ao hotel em Macau, quando a fizeram de refém com outra recepcionista que rezava, aos prantos, enquanto Rong só conseguia pensar que se o assalto demorasse muito, o Dui ficaria sem comida, e quando ele tinha fome, latia e acordava a vizinhança inteira.

E teve a vez em que tropeçou na rua, voltando do trabalho tarde da noite. Estava um pouco tonta, não tinha comido nada, tropeçou, e ficou no chão um tempo desacordada em um misto de desmaio e cansaço. Acordou com a chuva. Sentiu o peso da água no rosto e continuou deitada por alguns minutos olhando para o céu. Gostava de contar as gotas. Trezentas e quarenta e oito foi seu recorde. É difícil manter os olhos abertos e molhados.

Rong não tinha medo de morrer porque não tinha muito a perder. Agora são tantas as possibilidades, que ela descobriu que a alegria na verdade é isso, ter possibilidades que podem ser perdidas.

O advogado disse que por ser estrangeira e não falar bem o português, não vai ser difícil desvinculá-la do processo.

O jeito foi ficar na Bahia enquanto não a chamavam para depor. Contou tudo para o Romeu, guia turístico em Santa Cruz de Cabrália, que a levou para lugares onde, segundo ele, dormiu Pedro Álvares Cabral e toda sua comitiva.

Os portugueses chegaram aqui, tia. Minha bisavó tinha até um pedaço do navio, igual tem gente que tem a cruz do Cristo, um pedaço do barco que parou bem aqui. Mas ninguém descobriu foi nada, aqui já tava cheio de índio, ainda tem um tanto, se quiser te levo lá pra conhecer, o passeio sai baratinho.

Ela respondeu que não tinha dinheiro para nada, que tinha perdido tudo, que ia redescobrir o Brasil, mas agora mal tinha dinheiro para jantar. Romeu não entendeu muita coisa mas entendeu que o marido dela a tinha sacaneado de jeito. Teve pena. Disse que conhecia o dono de um hostel em uma vila bem turística ali perto, que ela poderia trabalhar na recepção em troca de hospedagem e comida. Só tem que saber falar inglês, lá vai muito gringo.

Mal chegou ao hostel, já começou a trabalhar. Em uma semana parecia que estava lá há meses. Em um mês parecia que nunca havia trabalhado em outro lugar. O dono não tinha do que reclamar. Trabalha bem a chinesinha, disse à namorada grávida que passa o tempo todo ouvindo música na recepção. Rong faz faxina, corta as frutas em uma precisão milimétrica, monta a mesa de café da manhã organizando a granola, o pão, o suco de laranja e os biscoitos recheados, dá comida aos cachorros, três, limpa o sifão da pia entupida pelos hóspedes, a maioria jovens que estão de férias ou que largaram o conforto da casa dos pais para morar na Bahia, e inúmeras vezes ao dia sacode as redes cheias de areia da varanda.

O que ela mais gosta é quando precisa fazer compras na vila que é toda de areia. Rong só anda descalça e alguém avisou para ela ter cuidado com bicho geográfico, o quê, bicho geográfico, um bicho que entra na sua pele e caminha por dentro de você fazendo o desenho de um mapa. Ela gostou da ideia de ter um bicho para guiá-la dentro do seu próprio corpo e levá-la para lugares aonde só vai quem tem as coordenadas.

Continuou andando descalça. Atenta para ouvir e aprender o português dos nativos. Acha impressionante como as pessoas falam alto parecendo que brigam, e dão risadas depois de reclamarem do marido, do trabalho ou de alguém ao lado. Chegou a ouvir uma mulher dizer que morreu de rir quando o filho disse alguma coisa engraçada e anotou a expressão morrer de rir no seu caderno porque achou que morrer de rir é uma boa morte. Depois se lembrou de quando voava nos braços da mãe, morrendo de rir, a morte como algo bonito, o fim como uma dor na barriga, o fim como ápice e não queda, o fim como início e não fim.

As cortinas se abriram.

As cortinas do meu, do nosso, do seu apartamento.

Fiquei um tempo observando sem querer ser vista, até que uma mulher apareceu e foi limpar os vidros. Durou pouco. Começou a fumar um cigarro. Demorei para perceber que era Carmen, nossa diarista. Então, era ela quem jogava as bitucas de cigarro das quais tanto reclamavam nos avisos do elevador e que te deixavam indignado. Você nem foi capaz de mudar a diarista. Agora a Carmen vai saber de tudo. Da sua nova mulher. Da sua filha. Vai saber que eu fui para a Bahia, sozinha. Vai dizer coitadinha da Clara, ficou sozinha.

Carmen tem três filhos, cada um de um pai. Me contou que gosta de parir. Me contava tudo, eu em casa tentando estudar e a Carmen falando sem se preocupar se eu ouvia, parece a Elisa, deviam ser amigas, talvez sejam. Me disse que parir é incrível, que quando está parindo se sente a mulher do Super Homem. A Lois Lane? Não, aquela que também voa. A Mulher-Maravilha. É isso, me sinto a Mulher-Maravilha quando estou parindo.

Fumou pelo menos dois cigarros, não terminou de limpar os vidros e deixou a cortina aberta.

Penso na sua mulher parindo, na sua mulher gostando de parir, em você achando toda aquela sujeira do parto limpa e bonita. Penso em você pegando sua filha nos braços pela primeira vez, tão pequena, e seus olhos chorando como eu nunca te vi chorar. Penso na sua filha no seu colo com uma roupinha onde está escrito princesa do papai, e você ensinando para ela tudo o que sabe sobre os ácaros, os átomos, os mundos paralelos, as plantas carnívoras, ou por que os pássaros planam. Ensinando para ela tudo o que me ensinou. Mas antes, a ensinando a falar, a andar, a saber o que pode e o que não pode fazer, e se orgulhando de cada movimento, ainda que torto, não importa, vem aqui com o papai vem.

O papai que você disse que nunca seria.

Outra pessoa aparece.

É você.

Você vai até a janela mostrar os vidros sujos para Carmen que vai inventar alguma desculpa e dizer que esse produto de limpeza não presta e pensar em como era melhor trabalhar para mim. É você? Te acho tão diferente e ao mesmo tempo você nunca foi tão igual. É você. Fecho a cortina e me escondo. Não quero ser vista. Até que você olha para fora da janela e suspira. Nunca te vi suspirar assim.

Todas as coisas que nunca te vi fazer. Tanta coisa que ainda vai acontecer na sua vida. Você começando a ter dores no joelho depois de tanto jogar bola sem saber jogar direito, ou aprendendo marcenaria e montando uma escrivaninha que ficará meio bamba, mas tudo bem, ficou autêntica. Você contando seus novos fios de cabelos brancos e querendo pintar o cabelo para não se parecer ainda mais com seu pai. Você finalmente criando coragem de provar jiló e gostando e se lembrando daquela vez em que pedi jiló no restaurante e você achou exótico. Você aprendendo a tocar gaita porque se for para tocar um instrumento que seja um pequeno, foi o que me disse depois de ajudar aquele músico a entrar no ônibus com um contrabaixo, não entendo como alguém pode gostar de um instrumento desse tamanho. Você visitando o Butão, você pregando um botão, você fazendo todas as coisas novas que não vou mais poder testemunhar.

Suspirou e saiu da janela.

Esperei que voltasse.

Nem você nem a Carmen voltaram e os vidros continuaram sujos.

Ser sozinha depois de alguém é ser sozinha sabendo como é não ser sozinha, é viver no limbo entre o antes e o agora, é sentir fome porque ainda não aprendeu a buscar o seu próprio alimento depois de ser jogada para fora do ninho sem ninguém te perguntar se estava pronta para voar. Sozinha. E você precisa decidir, precisa saber qual direção tomar para sobreviver e continuar sendo o mais próximo possível de você mesma, precisa ser você mesma sua própria casa, redecorar os vazios, consertar os rodapés, o piso, colocar rede de proteção em todas as janelas, porque você ainda não sabe como se comporta esse seu novo ser sozinha, não sabe como é tomar decisões sozinha, como é ter que pensar em um amanhã só seu, ter que assumir todos os erros, reconhecer os acertos, porque durante muito tempo você teve alguém por perto, alguém que tinha sempre uma certeza no bolso, como um isqueiro, alguém que dizia o que era certo e errado, você se acostumou a esperar a resposta vir, e vinha. Agora não. Agora o que existe é um futuro vazio que você só consegue preencher com loquelas que te levam a respostas escritas com pontos de interrogação.

Ser sozinha depois de alguém é ser alguém com quem você ainda não tem intimidade, mas é obrigada a aprender a conviver com, de uma hora para outra, o tempo todo, sem pausas, sem fugas, nem possibilidades de recuo.

Eu queria que alguém me desse as coordenadas. Não do futuro, não a partir daqui, queria que alguém me relembrasse como era antes, bem antes. Queria que alguém me relembrasse o que não me lembro mais. Como era não saber que o Bernardo existia? Como era não pensar que minha mãe poderia um dia não existir? Como era não saber ser sozinha? Era só ser e pronto? Talvez as Claras de outros mundos paralelos possam me contar. Uma Clara criança e uma Clara bem velhinha. Nós três nos sentaríamos na mesma mesa e elas me diriam o que é ser a Clara Antes e a Clara Depois. E eu perguntaria à Clara Antes como é não saber de todo futuro, e à Clara Depois como é saber mais do passado que do futuro. Já elas não me perguntariam nada. A

Clara Antes não quer saber o que aconteceu, não gosta do que vê. A Clara Depois prefere não se lembrar do nosso hoje. De outros, sim. Existem passados bons, ela diria, haverá passados bons no seu futuro. E eu perguntaria se no final do meu futuro serei mesmo só eu, sozinha, e ela me responderia que ser sozinha é a única forma de ser, o resto, Clara, não é ser, o resto é sendo.

Depois que o Bernardo apareceu, a cortina ficou aberta e ninguém mais voltou.

Desde então, olhar para o parapeito vazio é a única forma de me ver.

Rong é sozinha desde os vinte e três anos de idade. Primeiro enterrou seu pai, vítima de um infarto. Dois anos depois, sua mãe teve um derrame seguido de morte cerebral.

Ela participava do Cheng Ming todo ano, quando as famílias vão ao cemitério, limpar as sepulturas, acender incensos e fazer oferendas para a alma animal que permanece no corpo mesmo após a morte, e que se não for alimentada, pode abandonar o túmulo e virar um fantasma esfomeado e hostil.

Desde que foi embora de Macau e parou de cuidar da sepultura dos pais, Rong tem um pouco de medo deles aparecerem, mesmo sem saber se suas almas viriam até o Brasil. Resolveu ligar para uma antiga conhecida da sua mãe para pedir que ela limpasse o túmulo, o que não sabia era que seu telefone estava grampeado pela Polícia Federal. Recebeu uma ligação do advogado, que a orientou a não ligar para fora do país. A polícia estava desconfiada de que ela articularia um plano de fuga, e como o processo de Carlos ainda estava em aberto, Rong não podia fazer nenhuma viagem internacional.

Rong perguntou ao advogado se ele tem filhos. Sim, dois, um de cinco e outro de doze. Com a mesma mulher? Isso, sou casado com a mãe dos meus filhos há quinze anos. Eu não posso ser mãe. Eu sinto muito. Sabia que eu não devia ter nascido? A lei era ter um filho só, e todo mundo preferia ter um filho homem, mas quando minha mãe soube que eu era menina, mentiu para o meu pai, dizendo que ele teria um filho, e continuou mentindo durante quase toda a gravidez. Ela ia ao médico sozinha e ele só descobriu quando achou as roupinhas de menina escondidas no armário. Ele não teve coragem de mandar tirar porque a barriga dela já estava grande. Eu não deveria ter nascido, mas minha mãe queria muito uma menina, e agora eu tenho medo dela ficar brava porque não estou cuidando dela depois de tudo que ela fez para que eu existisse. Não cuidando dela viva, mas da sua alma que fica em Macau.

Senhora Rong, me escute, eu não sei do que você está falando, mas eu preciso que você não faça mais nenhuma ligação para a China, está me entendendo?

Saí do crematório com as cinzas da minha mãe sem saber se eram realmente dela. Poderiam ser restos de pessoas que nem sei quem são misturados com madeira velha. Se fossem mesmo da minha mãe, de qual mãe era aquele corpo cremado? Da mãe grávida que largou a escola e foi trabalhar de faxineira em uma pensão onde comia achocolatado em pó direto da lata, ouvindo e cantando para sua barriga as músicas em inglês que nunca entendeu? Da mãe que me ninava enquanto lia revistas de adolescente, sonhando em ser ela também uma adolescente? Da mãe que me dizia todos os dias, depois que menstruei, minha filha, use camisinha e escove os dentes?

Eram do corpo velho e encardido de uma mulher que só se lembrava do tempo em que não era mãe.

Assim que saí do crematório, fui com o jarro de cinzas à sorveteria e pedi um sorvete de chocolate com coco. Era a combinação que ela gostava, eu não. Comi devagar, deixando cada colherada derreter por completo na minha boca antes de engolir. E enquanto comia, ignorava a culpa e me sentia leve como uma bola de sorvete que se desfaz lentamente, nadando na saliva, gelando cada canto da boca num refresco de uma vida que começava ali.

Eu também era início e não continuação.

Descobri que o pozinho que solta dos armários da cozinha são as fezes dos cupins. Por causa deles estou usando chinelos. Nunca gostei de usar chinelos dentro de casa. Também descobri que a rainha cupim é uma das fêmeas mais reprodutivas no reino animal e pode gerar mais de cento e sessenta e cinco mil ovos ao longo de sua vida. E que não é fácil virar a rainha de um cupinzeiro. É preciso passar por um ritual de acasalamento chamado aleluias, quando milhares de cupins férteis se aglomeram ao ar livre em busca de um parceiro. Um momento perigoso, por se tornarem presas fáceis e distraídas, o número de mortes é sempre maior do que o número de casais que conseguem se unir para se tornarem reis e rainhas.

Morrem muitos para nascerem poucos.

Procuro o ninho dos cupins dentro do armário e só encontro pozinho e mais pozinho. Nada mais acontece neste apartamento a não ser a proliferação das fezes dos cupins que marcam meu tempo como uma ampulheta quebrada.

A cortina do meu antigo apartamento continua aberta e ninguém aparece. Uma tábula rasa que ignora qualquer história que tenha sido escrita antes. Vivo em um presente estendido entre o passado e o futuro, alguma outra coisa que não é nem o antes nem o depois, muito menos o agora. Estou presa na ferragem dos inícios, no marco zero, no capítulo um, no primeiro choro de um recém-nascido, na primeira expedição marítima, na faísca antes do fogo, no passo sem gravidade dado na lua, no verbo, no momento em que Deus ainda não sabia ao certo o que queria criar.

Ligo para a imobiliária e a Joice diz que o proprietário aceitou chamar uma empresa de descupinização. Insisto em saber se a moradora antiga do apartamento já tinha visto o problema e ela insiste em dizer que não tem essa informação.

O que eu queria mesmo é contar o meio da sua história, Rong. Não o início ou o fim. O meio. Quando a vida tem o gosto doce do pacato. Porque você acredita que a vida é feita de ciclos e isso significa que a vida só se acalma quando estamos no meio, em uma distância segura tanto do início quanto do fim, a ponto de esquecer a euforia dos extremos. No meio, a vida é equidistante dos prenúncios e dos desenlaces. No meio, nossos pais não vão morrer e têm a idade certa para serem pais e jovens. No meio, nossas decisões não têm a leviandade da inconsequência e ainda não carregam o peso da sabedoria. No meio, o rio tem um poço fundo que fica longe da nascente rasa e distante da queda. No meio, o dia já aconteceu e ainda guarda horas de possibilidades. No meio, o amor é amor, não paixão, obsessão, loquacidade, demônios, ausência, ciúme, carma, não, no meio o amor é o amor em si, sem grandes feitos ou fatos, apenas amor. No meio, o redemoinho não te atinge, ainda que você possa ver todos os problemas ao seu redor. O meio não é a ausência de problemas, nem de tristeza, existe tudo isso no meio, só que no meio, quando precisamos ficar tristes, nos deitamos na cama e esperamos a tristeza passar sem recorrer a pressas. No meio, não se tem pressa para que nada chegue ou acabe. O fim pode acontecer a qualquer momento, mas o meio não teme o fim, o meio assusta o fim com sua tranquilidade diante da morte.

Eu queria contar o meio da sua história, Rong, quando você já não se lembra que perdeu tudo e não tem nenhuma pressa em recomeçar. Mas a sua história é uma história de começos, nem meios nem fins, apenas começos.

Quando tem folga, Rong gosta de andar pela vila, observando cada parte, cada pessoa, devolvendo pequenas risadas para as pequenas risadas que recebe sempre com os mesmos comentários, olha a moça *made in china*, ô japa que dia que você vai fazer um frango xadrez para nós, *arigatô*, Rong, *sayonara*, Rong.

Também gosta de ir até o bar perto do rio onde um homem fica desenhando caricaturas dos turistas. Na sua última folga, parou bem quando ele desenhava um casal de irmãos adolescentes. O menino parecia entediado, a menina mantinha uma pose desconfortável que a deixava linda. Assim que viu o desenho pronto, ela reclamou da boca grande e dos seios pequenos fazendo seu irmão achar graça.

Faz um pra mim, pediu Rong. Não meu desenho, quero o desenho de um bebê e um cachorro.

No seu português ainda cheio de lacunas, começou a descrever um bebê como normalmente são os bebês de um ano, talvez dois, um bebê de cabelos pretos e um tamanho normal. Só com um detalhe, ele tem um furo no queixo, do tamanho desse dedo aqui, o dedo que aponta, isso, o indicador. E do lado do bebê tem um cachorro, de tamanho nem grande nem pequeno, isso, médio, tamanho médio, tem o pelo da cor da areia, menos perto da pata esquerda, que é um pouco branca, como se tivesse caído cloro, igual o de limpar banheiro, isso, manchado, e com as orelhas caídas, e feliz, o cachorro, e o bebê também, feliz. Os dois felizes.

O caricaturista desenhou um tamanho de bebê normal, mas com um furo no queixo grande o suficiente para caber a mão inteira de Rong. O cachorro, desenhou sem tantos exageros, a não ser pelo focinho gordo demais e as orelhas quase do tamanho das patas. Entre os dois, Rong, com pernas finas e longas e braços bem compridos.

Ele se chama Dui.

O bebê?

Não, o cachorro. O bebê se chama bebê.

Ela e o caricaturista acharam graça do desenho. Ele perguntou se o bebê era seu filho e ela disse que não pode ser mãe. Sinto muito, e o cachorro? O cachorro existe, só que ele ficou com minha ex-sogra que na verdade ainda é sogra, por acaso você sabe se quando a gente fica viúva a sogra continua sendo sogra? Ele disse de novo que sentia muito, ao entender que seu marido tinha morrido, e concluiu que ela precisava de uma cachaça. Rong aceitou e tomaram não uma, várias, e ela ficou bêbada, não como ficava quando bebia vinho do Porto, muito bêbada, a ponto de acordar no meio da madrugada sem saber como voltou para casa.

Romeu a encontrou dormindo na mesa do bar. Dormia um sono enorme, tinha a boca aberta e chegava a sussurrar um ronco. Ele a acordou e a levou para o hostel enquanto ela contava toda a sua história, desde o início, desde quando saiu de Macau e foi morar com o Carlos e a sogra dizia para ela limpar os móveis assim ó.

Rong também não se lembra de que ao chegar no hostel tentou ligar para o celular do Carlos e logo ouviu uma voz dizendo que esse número de telefone não existe. Não existe, repetiu em voz alta. Não existe, não existe, não existe. O Carlos não existe. Queria contar para ele que não voltaria para Macau. Mas Carlos está morto. Queria contar para alguém que não voltaria, mas não havia ninguém. Os pais também estão mortos. As amigas casadas e ocupadas em criar o filho único ainda existem, é ela que não existe mais para elas. Pensou em ligar para o hotel de Macau, seis anos de trabalho, todos os dias o mesmo uniforme justo, os sorrisos de *welcome sir*, poderia falar com a moça da cozinha, não, ela falava demais, estava cansada de ouvir. Rong queria falar. Teve vontade de falar com o Dui, poderia latir para o Dui, o Dui late em português, mandarim e em patoá macaense. Poderia ligar para a sogra e pedir que chamasse seu cachorro, mas teve medo de descobrir que o Dui também não existe mais e preferiu acreditar que ele continuava existindo.

Queria falar, não em português, queria falar na sua língua com alguém que a entendesse, cada palavra, sem gestos, ser entendida através do som. Até que resolveu ligar para o Kuan, com quem não falava há oito anos. Ligar para o ex nunca é boa ideia, Rong, mas não adianta, tem erro que a gente precisa cometer. Pegou um dos cartões internacionais que encontrou nas arrumações dos quartos e ligou do telefone da recepção.

Em Macau era dia, enquanto Rong estava na madrugada, bêbada de cachaça com mel, acordada, querendo falar tudo o que nunca pensou que falaria. Ele atendeu e se assustou. Está ocupado?, disse em mandarim. Não, aconteceu alguma coisa? Estou bem, mas eu preciso falar. E falou. Muito. E ele ouviu. Até porque não encontrou nenhuma brecha para interrompê-la. Rong falou sobre tudo, desde o início até o fim que era também um início, ela disse, eu estou no início e preciso que você saiba de tudo isso, de como foi o fim pra eu chegar até aqui, mas principalmente preciso que você saiba que não volto mais. Eu não vou voltar pra Macau. Você ouviu, Kuan? Eu não vou voltar. E contou do Carlos, da sogra, da rosquinha de coco, do pão com mortadela, das aulas de português, de como é bonita São Paulo vista de cima, mas de baixo nem tanto. Contou das estradas do Brasil e das meninas que invadem banhos nos banheiros dos postos de gasolina. E falou que sente saudade da mãe. E que não pode ter filho. Você tem filho, Kuan? Eu nunca perguntei se você queria ser pai, isso não é coisa que se pergunta, eu sempre achei que queria, depois percebi que não queria tanto assim, até saber que não posso ter, foi quando eu mais quis, mas aí entendi que se eu não posso ter é melhor não querer, então eu acho que não quero, minha história acaba em mim, eu vou morrer em mim mesma, depois de mim, só existe eu. Rong também falou da pimenta, como é forte, falou do hostel e de como todos aqui fumam maconha, eu fumei só uma vez e depois me deu tanta fome que peguei escondida algumas coisas da despensa do hostel, isso é roubo, imagina se eu fosse presa por roubo igual meu marido morto. E contou da Bahia, de Santa Cruz de Cabrália, da vila, aqui sim é bonito de qualquer ângulo, de um lado é mar, do outro é rio e você acompanha o sol a pé, se eu fosse você viria um dia, você tem dinheiro, não é? Eu não, perdi tudo. Mas vou descobrir o Brasil, não igual aos portugueses, que não descobriram foi nada, aqui já estava cheio de índios, você sabia? Eu vou descobrir de outro jeito, minha mãe era filha de portugueses, mas ela nunca quis conhecer o Brasil, muito menos meu pai. Pensando bem, eu não preciso mais limpar o túmulo deles, nem deixar comida, mesmo como fantasmas acho que eles nunca viriam pra cá. Minha mãe não ia gostar, aqui o vinho do Porto é caro. Eu só tomo cachaça com mel, é bom, mas é perigoso, sobe rápido, o melhor é que todo mundo tem e te oferece. E falou dos indígenas, em como são bonitos e têm olhos pretos e abertos, do dono do hostel que a olha demais, mas é até simpático, e da sua esposa que está grávida de oito meses, o filho deles vai se chamar Oceano, não é engraçado, um filho com nome de mar? Falou também de outras coisas que eu não entendo porque conversavam somente em mandarim. Ela até tentou falar em patoá, mas o Kuan não entendeu, quase ninguém mais fala o patoá macaense, e disse que era assim mesmo, tem coisas que acabam e não podemos fazer nada a não ser seguir o jogo, é assim que falam aqui no Brasil, segue o jogo, e eu, Kuan, estou seguindo o jogo, porque meu marido morreu e me deixou sem nada. Depois ela repetiu, dando risadas, muitas, a expressão que a mulher do mercado sempre diz e que ela finalmente tinha entendido, é isso Kuan, eu entendi, eu finalmente entendi tudo, companheiro é companheiro, fé da puta é fé da puta, e deu uma gargalhada que até então não combinava com ela.

Ela apareceu.

Cheguei a achar que nunca viria.

De pé em frente ao parapeito. Apareceu como se soubesse. Ela sabe? Ela sabe. Procura o alvo. Janela a janela. Um jogo de batalha-naval no qual ela tem o privilégio de ser alta o suficiente para ver o mar do adversário. Penso em sair da mira. Não saio. Aceito o duelo e decido não me esconder. Decido ser vista. Abro a cortina ainda mais e resolvo encarar o tiro caso ele venha. Chego a torcer, venha, me veja, estou aqui, basta olhar para a sua diagonal direita, um pouco mais abaixo, dá para ver tudo. Se quiser mesmo me ver, é simples. Ela move a cabeça com a vigilância de uma mãe. Tem olhos grandes. Ela me vê. Ela me vê? Miro bem no meio da sua testa que parece perguntar o que essa mulher está fazendo aí. Ela sabe quem eu sou. Não recuo. Meu olhar segue implacável como o de um cego. Olho para lá, o meu lá, o nosso lar. Ela não deveria estar no meu apartamento, na nossa casa, onde fizemos planos nos quais ela não existia. Ela sabe? Onde está você, Bernardo? Deve estar abrindo todos os armários para ver se tem cupim, limpando a casa para espantar os ácaros. Três quartos. Perfeito para uma pequena família, o quarto do casal, o da criança e o escritório dos fundos que logo mais poderá ser revertido em um terceiro quarto, quando você decidir pela segunda vez que quer ser pai de um, dois, três filhos, o suficiente para encher uma mesa de jantar grande, bem grande.

Ela olha para cima. Fica assim um tempo, procurando alguma coisa, até que olha para dentro do apartamento.

Ela olha para você.

Você chega e a abraça como se abraçam os casais, a pessoa mais alta por trás, a pegada na cintura, o beijo no pescoço, ela se vira e você agora a beija de frente. Ela está apoiada no pequeno e baixo parapeito e por um momento desejo que vocês dois caiam e eu seja a única testemunha a nunca depor, a única testemunha do fim dessa família que não deveria nunca existir, não neste mundo paralelo, o fim dessa família de três pessoas. Ela se afasta um pouco da janela. Você tira o vestido dela com a facilidade de quem abre uma bala. Ela se ajoelha com a barriga enorme, como pode se ajoelhar com essa barriga, ajoelha e abre as suas calças e eu vejo seu rosto inclinando para trás em uma expressão sorridente e lenta de quem irá gozar em pouco tempo. Deve ser insuportável se ajoelhar com todo esse peso. Você tira a blusa e se abaixa, até que se deitam e não consigo ver através do vidro sujo e embaçado. Maldita Carmen.

É possível engravidar estando grávida? Pergunto a mim mesma, como se eu fosse uma criança que perdeu o pai e agora não tem mais ninguém a quem fazer perguntas idiotas.

A vida é melhor quando limpa e organizada, você dizia.

É exatamente o contrário. É preciso o imbróglio, o alvoroço, para que a gente saia do movimento certo e retilíneo. A gente tem que aprender a andar em linhas tortas, a vida não é uma passarela onde você passa bonito e maquiado e depois volta aos bastidores para limpar a cara e colocar um moletom. Tem que cair, cambalear, tem que ir ao fundo do poço rezando para ter uma mola e depois voltar no impulso para seguir até o próximo tombo. Até que tudo exploda. É aí que a vida começa.

Foi você quem me explicou. Queria me convencer que para tudo existe um começo, meio e fim, que o mundo tem um começo, caso contrário não existiria o tempo, e o tempo corre, Clara, é preciso correr atrás do tempo que foge. Você adorava contar que há cinco bilhões de anos tudo explodiu, espalhando uma camada incalculável de gás e poeira que formou o sistema solar e depois os elementos necessários à vida, o carbono, o nitrogênio, o oxigênio, o fósforo. Foi você quem me contou que a vida, Bernardo, nasceu do caos e não da sua mania de colocar tudo em um jarro racional, cortar as cebolas do mesmo tamanho, enrolar as meias em trouxinhas, organizar os livros na estante por cor, dobrar a roupa antes do sexo, a gente lá, no meio do amasso, e você colocando a camisa no cabide para poder usar no dia seguinte, desta vez com um suéter, orgulhoso do seu sistema de alternar a roupa do trabalho em apenas três camisas sociais.

Nós somos feitos do pó das estrelas, Bernardo. Do pó que sujou todo o planeta Terra e firmou a vida. Ninguém foi lá, varreu a explosão do Big Bang, esperou a poeira decantar e passou o aspirador em cada canto da casa, cada quina, cada buraquinho entre os azulejos, espirrando, orgulhoso de se livrar de todos esses seres invisíveis.

Somos feitos de poeira, e você também me ensinou que o espirro se parece muito com o orgasmo, os dois são uma contração muscular, primeiro tensiona, depois relaxa. Então, por que saiu correndo. Por que ir embora ao invés de esperar o momento em que tudo se resolveria, o espirro que colocaria tudo para fora. Por que varrer os problemas ao invés de aceitar que o caos do casamento era nossa vida, que as discussões de sábado eram apenas nossa maneira de se organizar no mundo. Não adianta varrer, aspirar, passar pano, a poeira sempre volta, a cada dois ou três dias, ela volta. Se somos feitos do pó, se vivemos no pó, se voltaremos para o pó, o jeito é encontrar as brechas entre espirros e orgasmos, descansando de caos em caos.

Bastava eu dizer me ajuda que você sabia exatamente o que fazer, deitado debaixo de mim esperando o sinal para colocar as duas mãos no meu quadril e acelerar meu movimento, pegando com uma firmeza frágil e conseguindo o que nenhum outro homem conseguiu, por mais que eu tentasse ensinar, não, só você sabe o ritmo certo, em uma cadência estável, a única hora em que a sua obsessão pelo perfeito faz sentido. Você vem firme, reto, sem entortar o corpo nem um milímetro, sem ir de cima para baixo, porque isso só funciona para o homem, para a mulher tem que ser virilha com virilha, coxa com coxa, coladas, num movimento horizontal, constante, para que meu único milímetro de prazer seja friccionado, aqui sim, linha reta, aqui sim, calculado, de trás pra frente ou de frente pra trás. Eu alterno um gemido entre gritinhos abafados e planejados só para te dar prazer, e às vezes puxo o ar com os dentes cerrados enquanto você se mantém concentrado no movimento perfeito, cada vez mais obstinado para que eu goze, não para, amor, não para, não paro, não paro, e você nunca para, pra frente, trás, frente, trás, e quando me canso, quando quase gozo sentindo uma cosquinha que anuncia um só mais um pouco, eu paro e desço o tronco em uma trégua rápida e te beijo sem fôlego em uma respiração boca a boca sem jeito, nosso corpo todo unido como se fôssemos duas montanhas invertidas, o cume de um no sopé do outro, o encaixe que a gente tem certeza que foi feito em um molde só, olha só como a gente se encaixa, meu amor, você em pequenas explosões dentro de mim enquanto mentaliza com força de vontade que não é a sua vez de explodir, você sabe que se você explode eu morro, mas se eu explodo você pode explodir logo em seguida na posição que escolher. Até que volto, decidida, o quase gozo me esperando no mesmo ponto, e já não preciso mais pedir ajuda, basta eu recomeçar que você volta a se movimentar devagar, devagar, um pouco mais rápido, um pouco mais, isso, amor, não para, um pouco mais rápido, rápido, e você reto, firme, sem se mover para os lados, garantindo que o início da sua barriga toque no início do lado esquerdo um pouco na diagonal direita do meu clitóris, você decorou que é ali, procura um pouco e acha o ponto exato onde eu sempre gozo, o endereço que só você sabe, sua gostosa, gosta é?, gosto, e o milímetro do meu clitóris sente seu corpo inteiro através de um único ponto assim como quando a gente dorme e cada um vira para o lado e só encosta os calcanhares em uma forma de dizer estou aqui do seu lado, pra frente, trás, frente, trás, frente trás, não para, não para, e você acelera, e chupo meus dedos porque eu sei que você gosta, e você acelera mais, até que eu aviso que vou, eu vou, vai, e é no seu sinal que eu explodo e você segura meu quadril desta vez com força para garantir que eu não fuja bem na hora, você não para e eu digo para, e você não para, sabe que essa explosão foi apenas a primeira e que se você se inclinar um pouco, mudando em milímetros a sua posição, se não me deixar fugir eu vou de novo, uma, duas, quatro vezes o nosso recorde, você não para porque sabe que se insistir poderíamos começar tudo de novo.

Poderíamos começar tudo de novo.

Os vidros foram limpos por uma nova diarista. Consigo ver o novo sofá branco que combina com as novas cortinas brancas. A nova mulher do Bernardo deve ser limpa. Vejo quase tudo pelo prisma de uma rede de proteção também branca, que fez do nosso parapeito um lugar seguro. Ela quase não aparece, a última vez que a vi estava segurando a bebê. Não mirava nenhum ponto, olhava distante, como a Chinesinha antes de ser Rong. Ficou assim por alguns minutos, até a bebê chorar alto e eu poder escutá-las como se estivessem aqui dentro.

O Bernardo aparece todas as noites, por volta das três da manhã, fuma um cigarro e joga a bituca pela rede de proteção. Então eram você e a Carmen. Não sei se fumava escondido quando estávamos juntos ou se começou a fumar agora. Preciso deduzir seus movimentos pelas migalhas de informação que recolho cada vez que te vejo no nosso parapeito. Você fuma. Aposto que depois de fumar você vai comer uma maçã porque a maçã é boa para tirar o mau hálito. Vai comer uma maçã e vai voltar para a cama, onde vai encontrar sua mulher dormindo com sua filha, também dormindo, grudada no peito da mãe depois de ter sugado todo o leite. Você vai pegar sua filha com cuidado, sempre tão cuidadoso, vai pegar sua filha que vai se aninhar no seu colo que agora é um colo de pai cheirando a maçã, sempre tão cheiroso, o mesmo colo em que eu me aninhava, e vai colocá-la no berço que fica ao lado da sua cama que deve ser *king size*, você gosta de cama grande, tão grande que parece mesmo ter sido feita para caber uma família inteira, uma família que não é feita só de dois, você vai colocá-la no berço, ela vai se aninhar tranquila e vai quase acordar, mas continuará dormindo, e depois, quando tiver certeza de que ela está dormindo, é você que vai se deitar e abraçar sua mulher em uma conchinha perfeita que vai durar a noite toda, em um ato que mesmo manso vem cheio de força, em um movimento que sussurra a promessa de que você vai cumprir o plano, de que não vai a lugar nenhum, de que vai ser um bom marido e um bom pai, exatamente como combinado.

A empresa de descupinização me liga para confirmar o serviço e pergunto se o tratamento também elimina ácaros. O atendente não sabe dizer, então eu mesma respondo que provavelmente não, que deve existir um veneno específico para cada espécie, que ácaros são aracnídeos enquanto os cupins são do mesmo grupo das baratas, sabia? Não, senhora, não sabia. É verdade, concluíram isso há pouco tempo, a teoria da evolução das espécies tem mais de cento e cinquenta anos e só nos anos dois mil descobriram que os cupins vieram das baratas, às vezes acho que nós também viemos das baratas e não dos macacos. Me desculpe, senhora, podemos confirmar o serviço de descupinização?

O funcionário tira todas as gavetas e encontra, caído atrás do armário da cozinha, um garfo de sobremesa, duas notas fiscais apagadas, vários araminhos de fechar embalagens, uma caneta sem tampa e um caderno pequeno com uma capa verde escura. Coloca os objetos dentro de um saco plástico, como se fossem os pertences de um morto que acabou de ser enviado ao necrotério.

Quando minha mãe morreu, me entregaram seu único pertence em um saco a vácuo que poderia muito bem servir para embalar um sanduíche. Era um anel que veio em um pacote de salgadinhos, que dei para ela quando eu tinha sete anos, perguntando, mãe, quer se casar comigo? Ao abrir o saco, percebi que o anel estava serrado e corri para ver se não tinham machucado seu dedo e me senti aliviada ao ver que suas mãos, já frias, não tinham nenhum arranhão, apenas suas veias continuavam nítidas, mostrando o caminho de um sangue sem destino. Quando consegui olhar para o seu rosto, tive a impressão de que estava brava. Quanto mais sua memória ia embora, menos ela me obedecia, isso não pode, mãe, come, por favor, não joga a comida no chão, mãe, e mais ela se comportava como a criança que deixou de ser para me trazer a este mundo, a criança interrompida por uma criança.

Sento à mesa e hesito antes de abrir o caderno.

Era essa a função dos cupins, me levar até um caderno perdido atrás do armário.

Abro:

Nenhuma página escrita.

Um caderno que só não é totalmente novo porque está empoeirado e sujo.

Fecho.

Abro de novo. Folha por folha, na esperança de encontrar algum mínimo rabisco. Passo cada linha, bem devagar, como se a lentidão fosse capaz de fazer surgirem as palavras escolhidas. Chego a acreditar que estou lendo alguma coisa. Que a história se explica e tudo ganha um sentido, doce, tudo ganha um sentido doce e eu me sinto livre para não sentir mais nada. Estou tão cansada de sentir que, se pudesse escolher, me transformaria em um cupim infértil ou em um ácaro que ninguém vê.

Continuo passando as páginas e as palavras que não existem pulam livres para fora, impregnando toda a sala que em pouco tempo se enche de palavras e mais palavras invisíveis. Tento organizá-las, encontrar alguma ordem no caos, juntar palavras sem saber ao certo o que precisa ser dito.

Conto minhas certezas nos dedos e percebo como sempre me movi agarrada a elas mesmo sabendo o quanto são movediças. Toda certeza é movediça. Todo amor é movediço. O outro é movediço. Eu sou movediça. A morte é a única coisa sólida, ainda assim, se eu morro aqui, vivo em outro mundo paralelo, o que faz de mim imortal, o que faz do amor imortal, o que faz do outro imortal, o que faz com que toda decisão que eu tomo neste mundo corresponda a uma decisão contrária em um outro universo, e se os mundos paralelos realmente existem, para toda resposta existe outra resposta e para toda certeza existe uma dúvida, e eu e você, Chinesinha ou Rong, ou Chinesinha e Rong, podemos inventar novas respostas, deixando que a Clara, a Chinesinha e a Rong de outro universo duvidem de qualquer decisão que tomemos, podemos ser nós mesmas o nosso próprio apocalipse, o tudo e nada que nos resta, sem rastros, sem genealogia, nossa existência como uma ventania no sertão, um DNA perdido na duna, sem que nunca seja possível refazer a organização dos grãos, dos genes, das lembranças, dos natais, dos almoços, dos partos, das partidas, dos endereços, de tudo o que é dinâmico e que só não cessa se existir alguém para ser a sua memória, se existir alguém em quem você se continue, porque sem a memória do outro não existe a minha história, sem a memória do outro eu não sobrevivo a mim.

Se eu não me continuo, minha história, toda a minha história, começa e acaba em mim.

Dentro deste apartamento não vejo nada. Nem mesmo o meu reflexo. Tomo vinho na caneca e como biscoitos mesmo sem fome. Nunca mais liguei meu telefone e ninguém além dos porteiros, da Joice e do senhor Almir sabe que estou aqui. O que faz de mim uma ninguém. Dia desses um pássaro chegou bem perto da janela, mas desviou assim que me viu. No mesmo dia eu também desviei ao me ver no espelho do elevador quando fui buscar a pizza. Saí correndo. Só quando entrei no apartamento me dei conta de que fugia de mim mesma. Repreendi o Alexandre por colocar as pizzas no elevador social.

Às vezes esqueço em qual mundo estou, ou acordo sem saber como vim parar nessa cama que tem o mesmo colchão de antes, os mesmos ácaros, mas outras paredes, outro teto, outra vista. Só volto quando me sento para escrever e posso olhar para os dois lados.

Dentro e fora.

Tenho me esquecido aos poucos.

Aqui eu não sou eu, sou você. Aqui continuo a sua história, Rong. Nunca quis escrever uma história. Passei a vida lendo e tentando interpretar o que dizem os autores nas lacunas, nas entrelinhas, tentando achar o significado de tudo o que é posto, de cada detalhe, tentando dizer o que eles não disseram, o que sequer pensaram, querendo arrancar do texto o ponto de encontro entre o autor e a obra, só para dizer que um trecho é sobre o autor, é biográfico, é real, porque as pessoas só se interessam pelo real. Mas o real não passa de uma história suficientemente bem contada. Por isso, eu conto a sua história, Rong. Para provar que você é real. Para que você possa continuar existindo depois de você.

Depois de alguns meses de trabalho, Rong ganhou seu primeiro salário. Também ganhou seu próprio quarto ao lado da recepção do hostel, para poder ouvir quando algum hóspede chega. Não precisa mais dividir com doze ou treze pessoas um espaço cheio de beliches e cangas com estampas do Olodum penduradas na varanda, nem dormir com o pé sujo da areia que ela varre quando todos vão à praia, e depois, à noite, quando vão ao forró. Rong nunca vai, fica, e limpa os quartos com zelo, mesmo sabendo que logo estarão ainda mais sujos.

Seu novo quarto tem quase o mesmo tamanho da cama de solteiro que fica grudada ao pequeno banco onde cabem apenas um copo d'água, o livro do *I Ching* e o caderno de português de capa verde escura. A janela é alta, basculante, e dá para um pequeno corredor aberto, onde secam as roupas de cama que ela precisa manter o mais brancas possível, mas é impossível, de tão encardidas e velhas. Suas roupas ficam na despensa. Rong é organizada, deixa tudo no lugar, as caixas de cereais, as várias caixas de leite, o achocolatado quase vencido, tantas bananas, tudo ao lado das poucas roupas bem dobradas que quase não ocupam espaço, e no fundo ela desconfia que a sogra tinha razão, não pode ter filhos por ser tão magra, como se para ser mãe fosse preciso ser farta.

Mas seu destino não é ser mãe.

Seu destino, Rong, é chegar aonde os portugueses chegaram achando que estavam descobrindo alguma coisa. Seu destino é descobrir as palavras que você anota no caderno para depois ler deitada na cama do quartinho com a cabeça cheia de novos adjetivos, gírias e interjeições, criando um dialeto que só você entende e que te deixa tão excitada que você tem vontade de gritar para que todo mundo escute. Mas você não grita. Cultiva o grito dentro do seu quartinho que é estreito como a barriga quente e apertada da mãe que você nunca será.

A cama de ferro faz muito barulho e às vezes Rong desperta com seu próprio movimento, mas logo dorme um sono simples e cordial. Ela não voltará para Macau, sua vida agora é essa, lavar e dobrar lençóis quase brancos e varrer a areia que volta logo depois que ela termina de varrer.

AGRADECIMENTO

Aos ácaros paulistanos que me mostraram a força do invisível.

CARA LEITORA, CARO LEITOR

A Cachalote é o selo de literatura brasileira do grupo Aboio.

Lemos, selecionamos e editamos com muito cuidado e carinho cada um dos livros do nosso catálogo, buscando respeitar e favorecer o trabalho dos autores, de um lado, e entregar a vocês, leitores, uma experiência literária instigante.

Nada disso, portanto, faria sentido sem a confiança que os leitores depositam no nosso trabalho. E é por isso que convidamos vocês a fazerem cada vez mais parte do nosso oceano!

Conheçam nossos livros pelo site aboio.com.br e sigam nossos perfis nas redes sociais. Teremos prazer em dividir com vocês todos nossos projetos e novidades e, é claro, ouvir suas impressões para sempre aprendermos como melhorar!

Embarque e nade com a gente.

Cada livro é um mergulho que precisa emergir.

EDIÇÃO André Balbo
CAPA Luísa Machado
IMAGEM DA CAPA Greta Coutinho
REVISÃO Marcela Roldão
PROJETO GRÁFICO Leopoldo Cavalcante

DIRETOR EXECUTIVO Leopoldo Cavalcante
DIRETOR EDITORIAL André Balbo
DIRETORA DE ARTE Luísa Machado
DIRETORA DE COMUNICAÇÃO Marcela Monteiro
EXECUTIVA DE CONTAS Marcela Roldão
ASSISTENTE EDITORIAL Gabriel Cruz Lima
GESTORA DE REDES Luiza Lorenzetti

GRUPO
ABOIO

ABOIO EDITORA LTDA
São Paulo — SP
(11) 91580-3133
www.aboio.com.br
instagram.com/aboioeditora/
facebook.com/aboioeditora/

Grafia atualizada segundo o Acordo Ortográfico da Língua Portuguesa de 1990, que entrou em vigor no Brasil em 2009.

Dados Internacionais de Catalogação na Publicação (CIP)
Bruna Heller — Bibliotecária — CRB10/2348

P742p

de Podestá, Rita.
Parapeito / Rita de Podestá.– São Paulo, SP: Cachalote, 2025.
129 p., [7p.] ; 14 × 21 cm.

ISBN 978-65-83003-63-8

1. Literatura brasileira. 2. Romance. 3. Ficção contemporânea. I. Título.

CDU 869.0(81)-31

Índice para catálogo sistemático:
1. Literatura em português 869.0.
2. Brasil (81).
3. Gênero literário: romance -31

Esta primeira edição foi composta em Martina Plantijn e Adobe Caslon Pro sobre papel Pólen Bold 70 g/m² e impressa em junho de 2025 pelas Gráficas Loyola (SP).